Rebecca Perkins

Unstillbare Luder

Lust auf unanständige Neigungen

Erotische Geschichten

BLUE PANTHER BOOKS TASCHENBUCH
BAND 2863
1. AUFLAGE: SEPTEMBER 2024

VOLLSTÄNDIGE TASCHENBUCHAUSGABE
ORIGINALAUSGABE

© 2024 BY BLUE PANTHER BOOKS, HAMBURG
ALL RIGHTS RESERVED

LEKTORAT: MARIE GERLICH

COVER:
© PANTIPIT @ 123RF.COM
UMSCHLAGGESTALTUNG: MT DESIGN
GESETZT IN DER TRAJAN PRO UND ADOBE GARAMOND PRO

PRINTED IN POLAND
ISBN 978-3-7507-5114-9
WWW.BLUE-PANTHER-BOOKS.DE

INHALT

1. Das schamlose Weib 5

2. Geil gedemütigt -
   Einfach nur benutzt 22

3. Ich will benutzt werden 40

4. Geil und ohne Erbarmen 57

5. Römische LustOrgie 75

6. Das SaugLuder 95

7. Bitte unterwerfe mich -
   Ich tue alles! 112

8. Ich will geritten werden 127

9. Lass uns schmutzige
   Dinge tun .... im Internet / 144

Mit dem Gutschein-Code
RP24TBURCT
erhalten Sie auf **www.blue-panther-books.de**
diese exklusive Zusatzgeschichte als E-Book
in den Formaten PDF, E-PUB und Kindle.
Registrieren Sie sich einfach online oder
schicken Sie uns die beiliegende Postkarte
ausgefüllt zurück!

DAS SCHAMLOSE WEIB

Wieder mal war es im Supermarkt voll. Thorin war froh, als er aus dem Geschäft kam. Mit dem Inhalt seines großen Einkaufswagens hatte er jetzt wieder eine Woche Ruhe.

Zum Glück parkte er gleich am Eingang des Marktes. Rasch öffnete er den Kofferraum und begann, seinen Einkauf auszuladen.

»Was machen Sie denn da?«, hörte er eine spitze Frauenstimme.

Neugierig schaute er in die Richtung, aus der die Stimme kam. »Ich lade meine Lebensmittel in meinen Wagen.«

»Ähm, das ist mein Wagen. Ihrer steht gleich neben meinem!«, erklärte die weibliche Stimme sichtlich amüsiert.

Er richtete sich auf und sah die Bescherung. »Es tut mir leid!«

Zwei völlig identische Fahrzeuge standen nebeneinander. Es war ihm sichtlich peinlich und er kratzte sich an seinem Dreitagebart. Jetzt sah er die Dame, die ihn auf seinen Fehler aufmerksam gemacht hatte: kastanienbraune lange Haare, ein unglaublich charmantes Lächeln und ein Vorbau, der aus Sicht jedes Mannes gelungen war. Ihre Möpse waren von einem dünnen Rollkragenpullover verdeckt. Deutlich sah er die Schalen ihres BHs, die sich in voller Größe durch den weißen Stoff durchdrückten. Eine hellblaue ausgefranste Jeans rundete ihr sexy Bild ab. »Es tut mir wirklich leid. Ich dachte, es wäre mein Wagen.«

Sie legte ihm die Hand auf den Oberarm. »Ist schon gut! So hat mich noch kein Mann angesprochen.«

Beide lachten laut los. Er war froh, dass sie es ihm nicht allzu krumm nahm. Sie hätte auch ganz anders reagieren können, dann wäre das Geschrei groß gewesen. Sie hatte tolle haselnussbraune Augen und eine so erotische Stimme – sie war einfach süß!

»Na ja, Sie müssen sich ja bestimmt keine Sorgen machen. So, wie Sie aussehen, stehen die Typen doch Schlange.«

»Hören Sie mir bloß auf. Die Typen denken mit ihrem Rohr oder glotzen mich an und fragen: Willst du bumsen? Ich bin geil!«

Er lachte. »Sie könnten glatt als Mann durchgehen!«

»Lassen Sie mal. Jetzt helfe ich Ihnen erst mal, die Sachen in Ihrem Wagen zu verstauen.«

»Das ist total lieb von Ihnen.«

»Jetzt hör schon auf, ich bin die Yvonne.«

»Thorin.«

»Das ist ja ein toller Name. Gefällt mir richtig gut.«

»Danke.« Er lächelte und wurde leicht rot.

Sie packten die Sachen also um. Grinsend zeigte sie ihm eine Packung Slipeinlagen. »Werden jetzt auch Männer feucht?«, fragte sie neckisch.

Er lachte. »Nein, die sind für meine Nachbarin.« Er fühlte sich in ihrer Nähe sehr wohl. Sie war nicht so eine Frau, die mit einem Stock im Arsch rumrannte. »Darf ich dich noch auf einen Kaffee einladen?«, fragte er.

»Geschickt gemacht! Erst mich einlullen und dann die Charmeoffensive! Ja, kannst du!«

»Scheiße, jetzt hast du mich. Wie waren noch mal deine Maße?«, konterte er ihre Stichelei.

»Typisch Mann. Ich hätte gern eine Latte mit viel Schaum und Sahne«, sagte sie grinsend.

»Wir haben alles da!«

»Ich nehme dann doch lieber das Getränk«, hauchte sie.

Ihre Neckereien blieben nicht ohne Folgen. Leicht erregt, begann sein Stab sich zu melden. Sie kannten sich nicht mal zehn Minuten und er hatte schon das Gefühl, als wären sie seit Jahren befreundet.

Bald saßen sie zusammen und genossen den Spätnachmittag im September. Er erfuhr, dass sie als Tanzlehrerin arbeitete und vor Kurzem in ihrer Tanzschule als Teilhaberin eingestiegen war. Sie war Ende zwanzig, wobei er sie höchstens auf Mitte zwanzig geschätzt hätte. Ihr Gesicht hatte keine Falten, es war wunderschön glatt.

»Gibst du auch ungeübten alleinstehenden Männern Unterricht?«, fragte er.

»Du und allein? Komm, du fickst dich doch durch die Welt«, neckte sie ihn erneut.

»Wenn es mal so einfach wäre. Ich bin schüchtern und du weißt ja: Wer brüllt, der bekommt meist, was er will. Daher habe ich immer das Nachsehen«, meinte er leicht frustriert.

»Oh, willst du an den Arm und an meine Brust?«, fragte sie ketzerisch.

Er schaute sie an und schwieg.

Sie fühlte seine Sehnsucht nach Liebe und Zärtlichkeit. Heiße Lustgedanken jagten durch ihren Kopf. Thorin war wirklich heiß, da gab es keine zwei Meinungen. Groß, schlank und trainiert. Er musste aber etwas an sich haben, das die Frauen verschreckte, sonst wäre er niemals Single. Oder hatte er eine Frau an seiner Seite und suchte etwas für nebenbei? Die Alarmglocken schrillten in ihrem Kopf. Von Männern, die nur Sex wollten, hatte sie genug. Ja, es machte Spaß und sie konnte auch ein heißer sexy Vamp im Bett sein, aber mit Ende zwanzig sehnte sie sich nach etwas Festem. Einem Mann, dem sie vertrauen konnte, der für sie da war und den sie verwöhnen konnte. Das war eins ihrer Probleme – sie war zu willig im Bett. Oft erntete sie böse Blicke von ihren Freundinnen, wenn sie sich darüber aufregten, worauf ihre Männer standen, und sie dann sagte, dass das doch okay sei. Deswegen nutzten die Kerle sie auch gern aus. Zurzeit versuchte sie, Gefühle und

Lust zu trennen. Erst am letzten Wochenende war sie in einem Swingerclub gewesen und hatte sich von einem schwarzen Hengst so richtig geil nehmen lassen. Als sie dann aber am nächsten Morgen allein in ihrem Bett aufgewacht war, wusste sie, dass sie etwas Festes suchte und brauchte.

Für das erste Treffen wurde es ihr langsam zu intim. »Ich geh dann mal los. Vielen Dank für die Einladung!«

Als sie aufstehen wollte, hielt er sie am Arm fest. »Bitte, geh nicht so. Ich würde dich gern wiedersehen.«

Er schien es ernst zu meinen, doch sie war sich nicht sicher, ob er nicht doch nur mit ihr spielte. Seufzend setzte sie sich wieder. »Du bist total nett, aber wenn du mich ins Bett bekommen willst, muss ich leider Nein sagen!«

»Ich möchte dich einfach wiedersehen. Du bist eine atemberaubende Frau!«, flüsterte er.

»Du machst mich verlegen.«

»Vorschlag: Am Wochenende gastiert hier ein Jahrmarkt. Ich war ewig nicht mehr da, wollen wir nicht gemeinsam hingehen? Es ist lange her, dass ich mit einer tollen Frau einen schönen Abend verbracht habe.«

Wie er sie anschaute, traf er sie mitten ins Herz. Es war eine Mischung aus Gier, Lust und Sehnsucht.

»Du weißt, wie man Frauen rumbekommt. Danziger Straße sechsundzwanzig. Klingle bei Selzki. Wir sehen uns dann am Freitag, achtzehn Uhr. Soll ich mich hübsch machen?«, fragte sie grinsend.

»Ich werde da sein!« Er freute sich sichtlich.

Kopfschüttelnd ließ sie ihn allein. Süß war er schon, wie er sie so charmant umgarnte. Und er sah gut aus! Im Augenblick war das Thema Männer für sie eigentlich abgehakt. »Eigentlich« sagte ja schon alles.

***

Als sie am Abend auf ihrer Couch saß, musste sie unentwegt an Thorin denken. Mit seinen süßen blauen Augen, diesem unschuldigen Lächeln und seiner humorvollen Art bekam er bestimmt haufenweise Angebote von Frauen. Sollte sie sich wirklich mit so einem Hallodri beschäftigen, der wahrscheinlich alles bumste, was ihm vor den Lauf kam? Bei dem Gedanken musste sie grinsen. Das dachte gerade sie, die am Wochenende zuvor die Sau in einem Swingerclub rausgelassen hatte. Ja, manchmal hatte man schon eigenartige Moralvorstellungen für andere, wandte sie aber nicht für sich selbst an.

Sie trank den letzten Schluck Wein und ging ins Bett. Ob Thorin diese Nacht wohl allein schlief? Der Gedanke, dass er sich vielleicht gerade mit einer heißen Frau im Bett vergnügte, die ihm zuliebe schmutzige Sachen mitmachte, weil er auf perverse Dinge stand, scheuchte ihre Spalte auf. Ein wildes Zucken war die Folge. Vielleicht stand er auf zärtliche Schläge und versohlte einer Schlampe gerade ihren dicken Arsch, bis sie heulte, oder ein ganz junges Ding lag gefesselt auf seinem Bett und schaute voller Angst auf seinen knallharten Riemen, den er ihr grinsend in die Fotze rammte, bis das Stück schrie! Ihre Gedanken geilten sie so auf, dass sie zu ihrem Nachttisch griff und einen Glasvibrator hervorzauberte. Voller Lust rieb sie das kühle Glas an ihrer Spalte und stellte sich vor, wie Thorin ihr in die Augen schaute, um ihr klarzumachen, dass er bestimmte, wie er sie vögelte, und sie dankbar sein musste, wenn er sich überhaupt mit ihr beschäftigte.

Vorsichtig umspielte sie ihre Perle und streichelte mit dem dicken Ding ihre Schamlippen, die vor Lust glühten. Brutal rammte sie sich das Ding rein, bis ein wohliger Höhepunkt ihr Begehren nach hartem und schmutzigem Sex linderte.

Sie konnte das Treffen am Freitag kaum abwarten. Würde sie wieder so auf ihn abfahren wie bei ihrem ersten Treffen?

Sollte sie ihn glücklich machen? Würde er überhaupt kommen oder hatte sich ihn schon eine andere Schlampe geschnappt? Hatte er vielleicht einige Hühner am Laufen, die er auf den Strich schickte, und wenn sie genug Geld ranschafften, dann durften sie für ihn die Beine breitmachen und ganz besonders harte Sachen mit ihm erleben? Ja, ihre Gedanken waren schmutzig, vielleicht zu schmutzig für eine Tanzlehrerin, die so viele Emotionen mit Musik verband, aber sie hatte auch eine Vergangenheit und die hatte es in sich gehabt. »Schluckmaschine« war sie mal von einer Freundin genannt worden, nachdem sie drei Typen mit dem Mund hatte kommen lassen und natürlich alles geschluckt hatte.

***

Endlich war der Freitag gekommen. Extra für diesen Abend hatte sie sich ein sündhaft kurzes Kleid in Weiß gekauft. Darunter trug sie einen schwarzen BH und einen passenden String. Unter normalen Umständen zog sie nie so wenig Stoff an, aber dieser Abend war nicht normal.

Noch einmal schaute sie in den Spiegel. Alles passte, sie war bereit.

Da klingelte es auch schon an ihrer Tür. Sie schaute zur Uhr. Es war exakt achtzehn Uhr. In ihrem Bauch feierte die Tierwelt gerade eine gigantische Feier mit lauter Musik und wildem Tanzen. Ihre süße Kirsche vibrierte vor Erregung.

Mit ihrem schönsten Lächeln riss sie die Tür auf.

Ein gigantischer Rosenstrauß wurde ihr unter die Nase gehalten. »Hallo, schöne Frau. Ich weiß, es ist kitschig, aber du bist schöner als alle Rosen dieser Welt!«

»Ähm, also, komm rein«, hauchte sie.

Zu der wilden Party in ihrem Leib gesellte sich auch noch ein Haufen Meeresbewohner, was sich an ihrer nassen Spalte deutlich bemerkbar machte. Thorin sah so was von heiß aus! Ein weißes Hemd, das obszön weit geöffnet war, und eine ausgefranste helle Jeans unterstrichen seine lässige Art. Schneeweiße Turnschuhe und eine schwarze Sonnenbrille, die in seiner Hemdtasche steckte, rundeten sein cooles Auftreten ab. Seine schwarze Brustbehaarung war zu sehen. Yvonne liebte diese Art der Behaarung bei Männern!

»Ich bin noch nie mit einer echten Rothaarigen ausgegangen!«, hauchte er und fraß sie regelrecht mit seinen Augen auf.

Meine Güte, sie war so extrem geil, dass sie es am liebsten hier und jetzt mit ihm gemacht hätte, aber sie wollte sich nicht zu hemmungslos zeigen. »Wir werden sehen, ob du erfährst, ob ich wirklich rote Haare habe oder nicht.«

Er griff nach ihrer Hand und gab ihr einen Handkuss. »Verzeih meine direkte Art, aber deine Schönheit bringt mich total aus der Fassung.«

Wie süß er flirtete! Der Zauber ihrer ersten Begegnung hatte sich noch verstärkt. Yvonne griff nach ihrer Handtasche und sie machten sich auf den Weg. Sie konnte gar nicht beschreiben, wie vertraut es sich anfühlte, wenn er bei ihr war. Sie gingen durch die Stadt und es war, als würden sie sich seit Jahren kennen.

Als sie den Jahrmarkt erreichten, ging die Sonne bereits unter. Die Fahrgeschäfte und Stände ließen Yvonne an ihre Kindheit zurückdenken. Thorin gab sich alle Mühe, sie glücklich zu machen. Er kaufte ihr Zuckerwatte, bezahlte Lose an den Losbuden und wich nicht von ihrer Seite.

»Wollen wir Dosenwerfen machen?«, fragte sie begeistert.

»Natürlich«, sagte er lächelnd.

Sie warf und traf nur die oberen Dosen. Der zweite Wurf ging daneben. Thorin stand direkt hinter ihr. Sein herbes Aftershave und seine Stimme erregten sie ungemein.

»Konzentrier dich. Der Ball ist dein verlängerter Arm«, ermunterte er sie.

Sie warf und traf tatsächlich die letzten Dosen, die polternd zu Boden fielen. Yvonne drehte sich zu ihm um. Ihre Gesichter waren nur noch Millimeter voneinander entfernt.

»Man sieht deinen String, wenn du wirfst!«

»Ist nicht schlimm, ich habe ja einen starken Beschützer an meiner Seite. Vielleicht würde ich es schön finden, wenn du mir zeigst, ob du mich willst, und wenn du mich willst, wie sehr du mich willst!«, hauchte sie.

Thorin reagierte nicht auf ihre schamlose Bitte. Schon längst hatte er sich etwas überlegt. Diese Frau war Sex pur, noch nie hatte er eine Frau so sehr gewollt wie Yvonne.

Sie gingen ein Stück, bis sie seine warme Hand an ihrem Arsch fühlte. Fasste der freche Kerl ihr wirklich vor allen Leuten unter das Kleid? Bevor sie sich weitere Gedanken machen konnte, schlüpften seine Finger unter ihren String. Es war schamlos. Schamlos schön! Jetzt legte er seinen Zeigefinger mitten auf ihre Perle, sodass sie ihn bei jedem Schritt spürte. Sie war maßlos erregt. Würde er in sie eindringen? Die Spannung war kaum auszuhalten. Heiße Schauer jagten durch ihren Körper. Sie spürte die Blicke anderer Typen, die sie schmierig anschauten, und den von Frauen, die die Nase rümpften.

»Du machst mich gerade total geil!«, sagte sie.

Wieder sagte er nichts, aber die Ausbuchtung in seiner Hose sprach Bände.

»Du? Ich möchte vier kleine Würstchen haben, die habe ich als Kind immer geliebt!«, bat sie.

Auch diesen Wunsch erfüllte er ihr.

Als sie sich das erste Würstchen in den Mund schob, schaute er ihr gierig auf den Mund. Sie leckte mit der Zungenspitze über die Haut der Wurst und grinste ihn an. »Du wünschst dir, dass ich dir den Riemen blase«, stellte sie lachend fest. Es machte ihr Spaß, ihn weiter zu reizen. Sie tunkte die Wurst in Senf und saugte ihn dann regelrecht von der Wurst in den Mund. »Wäre dein Schwanz jetzt gern das Würstchen? Was meinst du, muss ich schlucken?«, setzte sie ihr Spiel fort.

»Nein, weil ich dich vorher schon mit der Zunge zum Höhepunkt gebracht habe und in deine geöffnete Pflaume ejakuliert habe, weil du unten so unverschämt eng bist.«

Sie grinste ihn mit den Augen an und aß die Würstchen so obszön und verlockend, wie sie konnte.

Als sie fertig war, griff sie nach seiner starken Hand und sie verließen gemeinsam den Jahrmarkt.

Bald hatten sie die grelle Neonwerbung und die typische Jahrmarktmusik hinter sich gelassen. Es wurde still und sie immer geiler. Plötzlich spürte sie seine rechte Hand, die ihr gierig zwischen die Arschbacken fasste.

»Ich will jetzt von dir gefickt werden!«, hauchte sie.

»Dann lass es uns machen! Wir nehmen die Motorhaube hier!« Er lachte dreckig.

»Du versauter Kerl!« Grinsend beugte sie sich über die Haube des Sportwagens, hob ihr Kleid und zeigte ihm ihre Löcher. Er riss ihr brutal den String herunter, was sie heftig zucken ließ. Ihre Freundinnen würden jetzt sagen, dass sie sich viel zu billig anbot, aber sie wollte ihn. Es war nuttig – ja und? Sexy wackelte sie mit den Hüften und lud Thorin förmlich ein, sie zu nehmen, was er sich nicht zweimal sagen ließ.

Als er mit seiner harten Eichel gegen ihren Arsch klopfte, bebte ihr Körper. Kurz rieb er seinen Bolzen zwischen ihren Arschbacken und rammte ihr dann seinen Stamm tief in die Fotze.

»Ja, besorg es mir. Ich will dich spüren!«, stöhnte sie.

Seine Hände griffen nach ihren Titten, die noch wunderschön geschützt waren. Voller Gier knetete er ihre Hupen.

»Meine Güte, machst du mich geil!«, rief sie.

Ihre enge Möse reizte ihn ungemein. Diese Frau hatte alles, was ein Mann sich nur wünschen konnte, und er fickte sie gerade! Liebevoll biss er ihr in den Nacken und zeigte ihr deutlich, welchen Anspruch er ihr gegenüber erhob.

»Mach es mir!«, bettelte sie.

Hart rammte er ihr seinen Speer, so tief er konnte, in ihre Fotze, die sich nach seinem Fleisch verzehrte.

»Du bist so groß!«, gurrte sie verliebt.

So hart er konnte, bearbeitete er ihre Titten. Sie zog ihr Kleid herunter, damit er ihre Titten befreien konnte. Gierig schob er ihren BH nach unten und zwirbelte ihre Nippel. Zart und fleischig lagen ihre Titten in seinen Händen.

Seine großen Hände fühlten sich so geil an. Wie ein Wildschwein, das sich an einem Baum reibt, rieb sie sich an seinem Körper. Seine Muskeln, sein herber männlicher Geruch und sein heißer Atem in ihrem Nacken steigerten ihre Lust noch weiter. So spitz war sie noch nie gewesen und es fühlte sich geil an!

Nun legte er los und bestieg seine Traumfrau. Immer schneller ging sein Atem. Yvonne spürte seine heiße Zunge, die sich mit ihrem Ohrläppchen beschäftigte. Die Mischung aus hartem Sex und seinen zärtlichen Liebkosungen war ein Liebescocktail, der sofort seine Wirkung bei ihr entfaltete. Ihr Herz gehörte ihm und das wollte sie ihm so schnell wie möglich sagen. Immer rabiater benutzte er sie und es war so saugeil!

Unerwartet und voller Stärke traf sie die Druckwelle einer gewaltigen Explosion in ihrer Spalte. Es war unglaublich intensiv. In Zeitlupe stieg der Explosionspilz in die Höhe, seine hitzigen Wellen ließen ihre Körpertemperatur sprunghaft ansteigen. Trotz der bereits kühlen Nachttemperaturen schwitzte sie. Schweißperlen bildeten sich auf ihrer Haut. Noch nie hatte sie Sex so intensiv erlebt.

Für Thorin war es ein gigantisches Schauspiel, wie seine Traumfrau unter seinen Stößen kam. Doch auch ihn hatte eine Geilheit gepackt, die er so noch nie gespürt hatte. Der Sex mit ihr war viel intensiver, emotionaler und vor allem viel geiler als zuvor.

»Schmier meine Fotze!«, keuchte sie und stützte sich mit den Händen auf der Motorhaube ab.

Jetzt konnte er sie noch intensiver nutzen und machte auch gleich davon Gebrauch. Hart hämmerte er mit seinem Hammer aus Fleisch und Blut in sie. Mit einem tiefen Raunzen, wie sie es noch nie gehört hatte, entlud sich seine Spannung in einem Orgasmus, der ihn erschütterte. Es waren keine Fontänen, es waren harte Peitschenhiebe, mit der das Sperma durch sein Rohr schoss und gegen die Wände ihrer Möse knallte. Sie zuckte unter der enormen Wucht seines Strahls.

Erschöpft löste er sich von ihr und beide rangen nach Luft. Das, was sie eben erlebt hatten, war kein Sex gewesen, ihre Körper waren geradezu miteinander verschmolzen.

»War ziemlich okay!«, meinte er schnaufend.

Yvonne erhob sich und zupfte ihr maßlos kurzes Kleid zurecht. Sie schaute ihn lächelnd an. »So so, der Herr war nicht zufrieden ... Dann komm mal mit zu mir und ich zeige dir, wie es ist, wenn es mehr als ziemlich okay ist«, sagte sie lüstern lachend.

Er schaute ihr tief in die Augen. »Es geht nicht. Ich hab morgen viel zu tun. Wir sehen uns«, meinte er und verschwand ohne ein weiteres Wort in der Nacht.

Mit aufgerissenen Augen schaute sie ihm hinterher. Was war das? Hatte sie etwas Falsches gesagt? So heiß, wie er in ihr gekommen war, war das mehr als unwahrscheinlich. Warum wollte er nicht mit zu ihr? Hatte sie sich mal wieder in einem Mann getäuscht? Frustriert ging sie nach Hause.

Thorin folgte ihr, aber mit dem nötigen Abstand. Es brach ihm das Herz, nicht bei ihr zu sein. Sie war die Frau seiner Träume, aber er konnte nicht mit ihr zusammen sein. Es durfte nicht sein, sonst würde er alles zerstören!

***

Die nächsten Tage blieb er ihr fern, was ihn unendlich schmerzte, aber es war die richtige Entscheidung, auch wenn er sich immer wieder nach ihr sehnte und sich fragte, wie es ihr wohl ging – auch wenn er sich denken konnte, dass es ihr auch nicht gut ging.

Es war Freitag und er hatte früh Feierabend. Im Internet hatte er die Tanzschule ausfindig gemacht, in der sie arbeitete. Über eine Stunde stand er vor dem Gebäude und legte sich seine Worte zurecht. Er schuldete ihr eine Erklärung und die sollte sie bekommen.

Mit schwitzigen Händen betrat er das Gebäude. Als er sie sah, musste er lächeln. In einer sexy schwarzen Leggins und einem gelben T-Shirt gab sie gerade mehreren Paaren Unterricht. Als sie sich einen der Herren nahm und seine Hand auf ihre Taille legte, packte ihn Wut und er ballte die Hand zur Faust, was ihm wieder schmerzhaft deutlich machte, dass er sie niemals haben konnte. Sie sah ihn durch das Fenster im Anmeldebereich, von wo aus man in den Unterrichtssaal schauen konnte. Mit einem Zuckerlächeln winkte sie ihm zu. Sie war einfach atemberaubend schön!

Yvonne machte Musik an und ließ ihre Schüler allein. Dann stieß sie die Tür auf und begrüßte ihn. »Da bist du ja!«, sagte sie fröhlich und schmiegte sich liebevoll an ihn. »Wir haben dich wahnsinnig vermisst. Deine süße Freundin muss dringend gefickt werden!«

Ihre Worte waren Sünde und so heiß! Dennoch lag der Schatten seines Problems über ihm und erdrückte ihn fast.

»Wir müssen reden«, flüsterte er.

»Was ist los?«

Er nahm ihre Hand und drückte sie fest. »Wir dürfen nicht zusammen sein.«

»Warum?«, fragte sie entgeistert.

»Ich bin hochgradig eifersüchtig. Dich muss nur ein Mann anschauen und ich drehe durch. Es geht einfach nicht. Bitte versteh mich!«, hauchte er.

»Schatz, dafür gibt es doch Lösungen.«

»Ich würde alles kaputtmachen. Du hast einen tollen Mann verdient, aber ich kann das nicht sein. Verzeih mir!« Er riss sich von ihr los und verließ das Gebäude mit Tränen in den Augen. Noch nie hatte er sich so mies gefühlt wie in diesem Augenblick.

Yvonne blieb wie angewurzelt stehen. Was sollte sie dazu sagen? Ihr fehlten die Worte, weil es so unendlich traurig war. Am Abend heulte sie Rotz und Wasser.

**

Die nächsten Tage vergingen und beide haderten mit dem Schicksal, doch es half nichts. Thorin und Yvonne hatten schon einige Erfahrungen im Leben gemacht und beide versuchten auf ihre Art und Weise, mit der Situation umzugehen. Yvonne stürzte sich in die Arbeit, war fast nur noch zum Schlafen zu Hause.

**

Zwei Wochen später stand ein Ball an. Die Tanzschule hatte einen großen Raum gemietet, es gab zu trinken und zu essen. Mindestens einmal im Quartal boten sie so eine Veranstaltung an, die gut angenommen wurde. Die Schüler liebten es, wenn sie ihre Tanzkünste in einem abendlichen Rahmen unter Beweis stellen konnten. Wer liebte es nicht, in einem hübschen Kleid oder einem perfekt sitzenden Anzug, umgeben von hübschen jungen Frauen und toll gebauten Männern, zu tanzen und das Leben zu genießen?

Yvonne hatte sich an diesem Abend für ein kurzes gelbes Kleid entschieden. Vielleicht würde sich hier ein toller Typ finden, mit dem sie ihren Frust wegvögeln konnte. Das Kleid war so tief ausgeschnitten, dass sie auf einen BH verzichtete. Darunter trug sie ein Pantyhöschen. Die Kerle sollten nicht sofort wissen, dass sie läufig war. Etwas Respekt schadete nie.

Am Abend füllte sich die Halle. Wie immer saßen die Angestellten mit ihrem Chef an einem separaten Tisch und kümmerten sich tanztechnisch um eventuell einzeln angemeldete Gäste. Yvonne wuselte herum. Das Essen musste koordiniert, die Gäste mussten begrüßt und viele andere Details gemanagt werden, die so eine Veranstaltung mit mehr als hundert Gästen mit sich brachte.

Es war schon weit nach einundzwanzig Uhr, als Yvonne endlich mal kurz Zeit für sich hatte. Müde lehnte sie sich mit einem Glas Sekt an die Wand und nahm einen tiefen Schluck.

»Hallo schöne Frau!«, hörte sie hinter sich.

Es waren nicht die Worte, es war die Stimme, die sie unter Tausenden herausgehört hätte. Ihr Puls wurde schneller. Sein herbes Aftershave umspielte ihre Sinne. Sofort spürte sie dieses verräterische Ziehen zwischen ihren Lenden. Es war zum Verrücktwerden. Er sagte nur wenige Buchstaben und sie war total erregt.

Langsam drehte sie sich um. Es war zum Kotzen! Thorin stand in einem perfekt sitzenden schwarzen Anzug, einem weißen Hemd und mit einem großen Strauß roter Rosen vor ihr. Er hatte sich einen Dreitagebart zugelegt, was seine Ausstrahlung noch erhöhte.

»Was willst du? Einen versenken? Hast du heute keine Alte abbekommen?«, fauchte sie.

»Ich kann verstehen, dass du sauer bist, aber so darf es nicht zwischen uns enden«, flüsterte er verlegen.

»Das fällt dir ja früh ein. Wann hast du mir das Herz gebrochen? Es waren ja nur zwei Wochen, also alles nicht so schlimm. Deine Rosen kannst du dir in den Arsch stecken. Spinner!« Wütend ließ sie ihn stehen, auch wenn ihre Spalte intensiv protestierte. »Halt den Mund, sonst rasier ich dich nicht mehr«, schimpfte sie mit ihrer intimen Höhle.

Hatte der Kerl sie wirklich so weit gebracht, dass sie mit ihrem süßen Honigtopf schimpfte. Männer! Aus Trotz stürzte sie sich in die Feier und begann zu tanzen. Mit ihren sexy Bewegungen zog sie die Blicke der Männer auf sich. Wie sie es genoss, wie die Kerle sie mit ihren gierigen Augen fickten, wenn sie ihre Hüften wackeln ließ. Sie hatte einen nicht einmal zwanzig Jahre alten Schüler als Partner auserkoren. Mit ihm flirtete sie heftig, bis ihr auf die Schulter getippt wurde.

»Lass mich mit dir tanzen, bitte!«, hauchte Thorin ihr ins Ohr.

Es war, als würde der König eines Landes sie um einen Tanz bitten, da sagt man nicht so einfach Nein. Seufzend gab sie seinem Drängen nach, schaute jedoch demonstrativ an ihm vorbei, auch wenn er sie berührte.

»Es tut mir leid. Ich hatte Angst um dich. Eifersucht ist für mich ein großes Problem, gerade bei dir. Du bist perfekt. Ich könnte es mir nicht verzeihen, dir wehzutun.«

»Hast du schon! Sonst noch etwas?«, fragte sie gelangweilt.

»Ich weiß, du bist verletzt, und es tut mir unheimlich leid, aber es war einfach die beste Entscheidung. Damals!« Er zog sie fest an sich. Seine Hand wanderte über ihr Steißbein.

»Wage es nicht, mich unten zu berühren, oder ich mach aus deinen Säcken Rührei!«

Sofort hielt er inne, was sie mit Genugtuung zur Kenntnis nahm. »Ich habe mir eine Psychologin gesucht, weil ich das Problem in den Griff bekommen möchte.«

»Was hast du?«

»Ja, ich hab mir Hilfe gesucht. Es wird nicht einfach werden, aber heute hat es schon mal geklappt. Früher hätte ich den jungen Mann auf die Bretter geschickt, wenn er dich auch nur berührt hätte.«

Seine Worte wirkten wie ein Heilmittel. Yvonne fand es großartig, dass er sich seinem Problem stellte. Mit seinen Worten berührte er sie sehr, aber nicht nur sie, auch ihr Herz und vor allem ihre leckere Pflaume hatte er überzeugt.

»Also, wenn ich es mir jetzt recht überlege, dann möchte mein Arsch jetzt doch gestreichelt werden.« Sie grinste.

Schon machten sich seine Finger auf den Weg und spielten an ihrem Höschen herum. »Heute so verschlossen?«, fragte er lächelnd.

»Ich bin ein braves Mädchen, wenn ich will!«, konterte sie.

Immer intensiver streichelte er ihren Arsch. Langsam arbeiteten sich seine Finger unter ihr Höschen und streichelten durch ihre Arschritze.

»Bitte etwas langsamer, ich fall sonst über dich her!«, brachte sie mühsam heraus.

Eine Rumba wurde aufgelegt. Der heiße Latinotanz holte sie aus ihrer Konversation. Er legte los und führte sie wie ein ausgebildeter Tänzer. Mehrfach berührte ihr Knie seine Schenkel und sie zuckte jedes Mal zusammen. Sein Ständer war hart und bereit!

Unauffällig führte sie ihn an den Rand der Tanzfläche. Von der Masse unbeobachtet, zog sie ihn in die Küche.

»Was hast du vor?«, fragte er.

»Du wirst es mir jetzt besorgen!«, hauchte sie.

Sie waren allein. Hastig zog sie ihr Höschen aus und setzte sich auf einen der Arbeitstische aus Holz. Weit spreizte sie ihre Beine und das keine Sekunde zu spät. Thorin packte sie an den Beinen, sodass sie mit dem Rücken auf dem Holz zu liegen kam.

Mit einem verliebten Blick beugte er sich zu ihrer Perle und begann, sie geil zu lecken. Sein Dreitagebart pikste an den Innenseiten ihrer Schenkel, was sie noch mehr erregte. Wie eine reife Traube, die man sich genießerisch in den Mund steckt, lutschte, saugte und schlürfte er an ihrer Perle. Es war gigantisch, mit welcher Rücksicht er sie leckte, und doch spürte sie seine Dominanz, die sie immer mehr aufgeilte. Die Art, wie er sie verwöhnte, zeigte ihr, wie sehr er sie liebte. Es war nicht der schnelle Sex, nur um zu kommen. Er nahm sich Zeit, erkundete ihre intimste Stelle und reagierte sofort, wenn sie sich nur bewegte.

»Wie schmeckt deine Hure?«, fragte sie erregt.

Mit einem spitzbübischen Lächeln schaute er sie an. »Leicht säuerlich, könnte aber daran liegen, weil du die letzte Zeit sauer warst.«

Sie lachte laut. Es war so schön, dass sie selbst beim Sex noch miteinander lachen konnten. »Du bist unmöglich!« meinte sie kichernd und gab sich wieder ihren Gefühlen hin. Sein süßer Stoppelbart kitzelte so unbeschreiblich schön an ihren Schenkeln und stimulierte ihre geöffnete Rose.

Als er mit einem einzigen Stoß mit seinem harten Kolben in sie eindrang, riss sie die Augen auf. Es waren einfach zu viele Reize. Eine enorme Explosion löste ihre Anspannung. Sie schlängelte sich wie ein Aal unter seiner Zärtlichkeit und ritt auf der Welle des Höhepunktes zum Glück.

»Schatz, spritz mir bitte auf meinen süßen Schmetterling, ich liebe es!«

Er stieß in einem schnellen Rhythmus in sie. Kurz darauf zog er stöhnend sein Rohr aus ihrer schleimigen Garage und verteilte seinen Samen auf ihrer weit offen stehenden und geschwollenen Prachtkirsche.

GEIL GEDEMÜTIGT -
EINFACH NUR BENUTZT

Als Dominik völlig außer Atem die Haustür aufschloss, wusste er schon, dass er zu spät war. Schon jetzt hatte er die Worte seiner Stiefmutter in den Ohren. Abgehetzt legte er seine Tasche ab und eilte in die Küche.

»Tja, mein Lieber. Fünf Minuten zu spät!« Anna lachte gemein. »Das gibt einen weiteren Strafpunkt. Nur noch zwei!«, fuhr sie fort.

»Ich bin nicht mal fünf Minuten zu spät«, maulte er sie an.

»Es gibt in meinem Haus feste Regeln und an die hast auch du dich zu halten!«

»Das Haus gehört meinem Vater«, nuschelte er verlegen.

»Jetzt fehlt dir noch ein Punkt.«

»Das ist total unfair«, regte er sich weiter auf.

»Wie du meinst!« Wortlos stand sie auf und zog ihren engen grünen Rock aus, unter dem ein sündiger weißer String zum Vorschein kam. Als Nächstes fiel die Bluse. Ein schwarzer BH bedeckte ihre knackigen Titten. Sie waren groß, schwer und einfach nur geil!

Sofort wurde Dominik hart im Schritt. Seine Stiefmutter war eine saugeile junge attraktive Frau und nur drei Jahre älter als Dominik. Dass er mit seinen zweiundzwanzig Jahren noch zu Hause wohnte, gefiel ihm selbst nicht, aber in der Stadt eine eigene Wohnung zu finden, war alles andere als einfach. Immer wieder schwor er sich, dass es das letzte Mal war, dass seine attraktive Stiefmutter ihn demütigte. Sie war aber auch eine heiße Frau. Mit ihren kurzen blonden Haaren, den vollen Lippen, einer unglaublich weiblichen Figur und dem süßen russischen Akzent war sie einfach nur heiß. Sein Vater Detlef hatte sie von einer Dienstreise aus Moskau mitgebracht.

Anna hatte zwei Gesichter: Wenn sein Vater in der Nähe

war, war sie eine liebevolle Ersatzmutter für ihn, aber wenn sie allein waren, dann spielte sie mit seiner Geilheit. Ihre Titten waren schön prall, die Hüften breit und mit einer leichten Speckschicht bedeckt, dazu kam ihr runder fleischiger Arsch. Das alles war ja noch ertragbar, aber ihr Strafsystem war absolut erniedrigend. Wie jetzt. Nur in ihrer heißen Unterwäsche saß sie mit ihm am Tisch.

Er war jung und natürlich schwanzgesteuert. Gierig schaute er auf ihren fleischigen Körper. Oft lag er nächtelang wach und dachte an die heißeste Frau, die er bisher in seinem Leben kennengelernt hatte. Es war aber nicht nur ihr Körper, sondern auch ihre Art, die ihn maßlos geil machte. Ihr hartes R, die zärtliche Stimme und ihr selbstsicheres Auftreten waren ein Traum.

Grinsend schaute sie ihn an und öffnete den Verschluss ihres BHs. Schon senkten sich die Schalen, die ihre Möpse schützen.
»Was schaust du denn so?«, fragte sie grinsend.

Er müsste nur die Hand ausstrecken, um an ihrem geilen Fleisch spielen zu können.

Anna stand auf und ging zum Herd. Ihr String rollte sich tief in ihre Ritze, dazu schnürte sich der Gummizug in ihr sexy Hüftfleisch.

»Ich halte das nicht mehr aus. Schlaf mit mir!«, flehte er stöhnend.

»Nein, wir haben das schon so oft durchgekaut. Du bist einfach nicht brav genug.«

Was sollte er machen? Sie saß am längeren Hebel.

»Hol ihn raus und wichs«, sagte sie.

Wieder demütigte sie ihn in einer Art und Weise, die ihn kränkte, aber die Gier nach Befriedigung war groß. Zu groß. Dominik stand auf und öffnete seine Hose. Als wäre nichts gewesen, setzte sich Anna wieder an den Tisch und aß weiter, auch wenn ihr Blick auf seinem Rüssel lag. Langsam wichste er sich und starrte auf ihren kurvigen Körper.

»Woran denkst du? Wie ich breitbeinig auf dem Bett liege und an mir rumspiele, während du meine klatschnasse Möse fickst?«

»Du bist so ein versautes Stück!«, stöhnte er.

»Sagt dein Vater auch immer. Wenn er von seiner Geschäftsreise wiederkommt, wird er die ersten zwei Tage mit einem Grinsen im Gesicht rumlaufen. Ich werde ihn sehr glücklich machen!«

»Wenn ich könnte, dann ...«

»Würdest du mich hart bumsen. Ich weiß! Bestimmt würdest du mich geil von hinten vögeln. Macht dein Vater auch immer gern.«

Eine gewaltige Fontäne Saft schoss über den Tisch.

»Meine Güte, was hast du für einen Druck drauf!«, meinte sie kichernd.

Weiter und weiter pulsierte sein Stab. Die weiße Creme lief über seine Hand.

»Du machst das aber gleich noch sauber!«

»Ja«, stöhnte er. Mit geballter Faust ging er zur Arbeitsplatte in der Küche und kam mit Küchenpapier zurück. Wie sie es wollte, wischte er seine Soße auf.

»Brav. Du kannst dann gehen. Denk daran, wenn du wieder wichst, machst du es sauber. Ich will nicht nur für dich putzen!«

So und so ähnlich ging es ständig! Dominik wollte aus diesem Hamsterrad ausbrechen und endlich Rache an seiner dominanten Stiefmutter üben. Sie sollte bezahlen, und er wusste auch schon wie!

»Dominik, schaust du dir schon wieder perverse SM-Filme an?«, hörte er ihre amüsierte Stimme von unten.

Es war unglaublich. Er konnte nichts vor ihr geheim halten.

Absolut nichts. Sie war nicht nur geil und versaut, sondern auch intelligent. Ja, er stand auf SM. Besonders seitdem Anna ihn so hart bestrafte.

»Du kannst mal runterkommen!«, veränderte sich ihre Stimme von hart zu zuckersüß.

Das hatte nie etwas Gutes zu bedeuten. Doch sie zog ihn in ihren Bann wie Planeten, die um die Sonne kreisen. Vorsichtig ging er die Treppe hinunter. Als er Geräusche aus der Küche hörte, linste er vorsichtig um die Ecke und blieb mit offenem Mund wie angewurzelt stehen.

Anna stand splitterfasernackt in der Küche und backte einen Kuchen. Mehl klebte auf ihren Titten, an ihren Oberschenkeln prangte Teig.

»Du bist so heiß!«, flüsterte er.

»Ich weiß! Wir müssen reden. Die Bestrafungen bringen bei dir nicht viel. Ich werde mein System umstellen und dich für gute Leistungen belohnen.«

»Wie soll das gehen?«

»Eine Art der Belohnung siehst du vor dir.«

»Du bist nackt.«

»Treffend erkannt. Wenn du brav bist, dann darfst du mich öfters nackt sehen, und vielleicht berühre ich deinen Pimmel mal.« Sie grinste frech. »Na los, zieh dich aus und hilf deiner Stiefmutter.«

Welcher junge Mann hörte solche Worte nicht gern? Es dauerte nur Sekunden und er war nackt und steinhart!

»Knete mal den Teig.«

Ihre Körper trennten nur wenige Zentimeter. Sollte er ihr zeigen, dass er sie wollte? Es wäre für ihn ein Leichtes, sie auf den Tisch zu drücken und zu nehmen. Von hinten könnte er ihr geil an den Titten spielen und seinen Prügel hart in ihre warme Spalte rammen.

»Ich weiß, was du denkst. Wenn du mich jetzt nimmst, dann gibt es keine Belohnungen mehr. Denk daran. Fünf Minuten Spaß, aber dafür würdest du nie wieder diesen ultraheißen Körper sehen. Dein Vater dreht regelmäßig durch, wenn er alles mit mir machen darf, und da willst du doch bestimmt auch mal hin. Stell dir vor, ich empfange dich nackt an der Tür. Bevor du die Tür geschlossen hast, knie ich mich vor dich hin und nehme dein Rohr tief in den Mund. Möchtest du nicht in meinem heißen Mund kommen und mich dann zwingen, deine Sahne zu schlucken?« Sie schaute ihn liebevoll an.

Sein Riemen war feucht und wie eine Pistole auf ihren Körper gerichtet.

»Wenn du mich jetzt vögelst, dann fliegst du raus! Hilf mir lieber, den Kuchen zu backen. Morgen früh kommt meine Freundin Olga zu Besuch.«

So standen die beiden die nächste Stunde in der heißen Küche. Es war Sommer und entsprechend warm. Schweiß stand auf ihrer Stirn, aber das war nicht das Einzige, was Dominik beschäftigte. Ihre rasierte Pflaume war nass und glänzte.

»Fragst du dich, ob ich feucht bin? Ja, es ist warm, jetzt wäre ich natürlich gut geschmiert für deinen Hobel. Wenn du willst, kannst du wichsen.«

»Schlaf mit mir!«, bettelte er erneut.

»Nein, das hatten wir schon geklärt.«

Doch so hart, wie sie sich ihrem Stiefsohn gegenüber verhielt, war sie gar nicht. Schon bei der ersten Begegnung mit Dominik hatte sie ihre Geilheit gefühlt. Er war ein toller junger Mann, gebildet, hilfsbereit und sah so süß aus. Mit seinem kurzen dunklen Haar, dem Dreitagebart und seiner behaarten Brust war er genau der Typ Mann, auf den sie stand. Zu gern hätte sie mit ihm geschlafen, aber sie war verheiratet und würde Detlef nie vergessen, dass er sie aus Russland mitgenommen hatte. In ihrer Heimat würde sie jetzt noch ein eintöniges Leben in Armut führen. Für sie war es nicht die große Liebe, aber er behandelte sie gut und so revanchierte sie sich mit leidenschaftlichem Sex.

Sie hatte schon immer Lust gehabt, mit Männern zu schlafen. Als sie noch ganz jung gewesen war und kein Geld hatte, ließ sie sich auf Männer ein, die sie für ihre Dienste bezahlten. Nur sechs Monate war sie diesem Gewerbe nachgegangen, aber das reichte, um viel über Männer und ihre Psyche zu lernen. Gern hätte sie sich Dominik hingegeben, aber es durfte nicht sein. Dennoch machte es sie maßlos geil, mit seiner Lust zu spielen. Wenn sie abends allein im Bett lag, fühlte sie das Brennen der Lust in ihr. Dominiks Riemen war wunderschön und groß! Was könnte sie nur alles mit dem Hobel anfangen? Vor ihrer Ankunft in Deutschland war sie eine geile Stute gewesen, die es liebte, Sauereien aller Art zu veranstalten. Doch hier in diesem modernen Land war sie treu und spielte die brave Ehefrau, auch wenn unter der Oberfläche der demütigen Ehefrau die heiße Lava der Lust brannte.

Sie hatte heimlich eine Spähsoftware auf Dominiks Rechner installiert. So konnte sie jede Datei sehen, die er herunterlud. Es waren auch einige heiße Filme dabei. Offenbar hatte er wie Anna eine Vorliebe für SM, und so teilten sie eine Leidenschaft, die sie nicht ausleben konnte. Oft dachte sie daran, wie geil es sich wohl anfühlen würde, wenn er sie nähme und sie sich spielerisch wehrte. Dominiert zu werden, war eine Sache, die sie gern mal wieder ausleben würde. Schon so lang sie denken konnte, erregte es sie, sich zu unterwerfen, die Wünsche und die Gier eines Mannes zu bedienen und sich dabei selbst aufzugeben. In Russland hatte sie damit gut Geld verdient.

An Anfang war sie sehr glücklich mit Detlef gewesen, doch der Sex war in Wirklichkeit einschläfernd. Mit allerlei Hilfsmitteln versuchte sie, ihr Sexleben in der Ehe aufzupeppen. Reizwäsche, schmutzige Filme und allerlei Liebesspielzeug hatte sie gekauft, doch es half nichts. Aus einer Scheibe Schwarzbrot macht man kein Fitnessbrot, so war es auch bei Detlef. Der Grat zwischen den heißen Spielen mit Dominik und der Treue, die sie ihrem Mann gegenüber empfand, wurde immer schmaler.

Bald würde sie eine Entscheidung treffen müssen. Immer wenn Dominik an sich rumspielte und sein Saft durch die Küche schoss, würde sie am liebsten über ihn herfallen und ihn mit sündigen Spielen befriedigen. Es tat ihr jedes Mal weh, wenn sie ihn abweisen musste, aber es geilte sie auch auf! Ein Ritt auf der Rasierklinge!

Sein lautes Stöhnen holte sie in die Wirklichkeit zurück. Geil schoss sein Saft gegen ihren Bauch. Sein warmer Saft elektrisierte sie. Lust war kein Ausdruck für die Gier nach Sex, die sie in sich spürte.

»Es tut mir leid!«, hauchte er verlegen.

Wild pulsierte sein Stab. Langsam folgte der Saft auf ihrer Haut der Schwerkraft und lief zwischen ihre Beine. Die Hitze, die sie in dem Augenblick zwischen ihren Beinen spürte, war so intensiv, dass sie ihre Lust nicht mehr kontrollieren konnte.

»Leck meine Fotze!«, hauchte sie.

Anna verlor die Kontrolle, und was machte Dominik? Er nutzte die Situation aus und kniete sich vor sie. Schon begann er, an ihrer Perle zu schlecken. Mit der ersten Berührung machte er sie sauber und schluckte seinen eigenen Samen. Dann spreizte er mit den Fingern ihre Möse und begann, sie hemmungslos zu lecken.

»Du musst aufhören!«, stöhnte sie.

Doch es war längst zu spät. Die Gier nach Befriedigung hatte gesiegt. Sie spürte seine Zunge, die heiß ihren Kitzler verwöhnte. Er machte es perfekt. Mal übte er etwas mehr

Druck aus, mal etwas weniger. Mal forderte er sie und mal verwöhnte er sie ganz vorsichtig. Sie war fasziniert von dem heißen Liebesspiel. Inzwischen war ihr süßes Nervenzentrum hart geschwollen und Dominik machte weiter und weiter. Er trieb sie vor sich her und genoss es. Sie schaute nach unten an seinem Kopf vorbei. Der Rüssel zwischen seinen Beinen war steinhart. Der Anblick seines harten Riemens geilte sie weiter auf.

Immer weiter zog er ihre Möse auseinander. Schon fast chirurgisch öffnete er sie und leckte sie so geil, dass sie sich ihrer Lust vollständig hingab. Mit den Händen spielte sie an ihren dicken Nippeln und genoss alles mit geschlossenen Augen. Er stellte sich so geschickt an, als würde er jeden Tag Muschis verwöhnen. Plötzlich steckte er ihr zwei Finger rein und sie zuckte zusammen. Die Lust in ihr glich einem Vulkan, der kurz vor der Explosion stand.

»Was machst du?«, keuchte sie.

Sie hatte schon mit einigen Männern auf diese Weise Sex gehabt und war schon oft geleckt worden, aber so gut hatte es ihr noch nie ein Mann besorgt. Jetzt umrundete er ihren geschwollenen Kitzler. Wie eine Schlange, die einen Hasen in seinem Bau belagert, fühlten sich seine kreisenden Bewegungen an. Es fühlte sich an, als würde sich ein Ballon den Weg durch ihren Körper bahnen. Immer dichter kam die Blase aus Luft an die Oberfläche, dann zerplatzte sie. Das war der Augenblick, in dem sie den Höhepunkt ihres Lebens erlebte. Ein Sternenfeuerwerk der Erleichterung brannte in ihrem Leib ab. Bunte Farben leuchteten vor ihren Augen und bildeten einen der schönsten Regenbogen, den sie jemals gesehen hatte.

Erschöpft hielt sie sich am Küchentisch fest. Das war auch nötig, denn ihre Beine zitterten und gaben nach. Zwei starke Hände griffen nach ihr und legten sie auf die Couch. Ihr Körper war ein einziger Nerv, der völlig überreizt war. Wasser wurde ihr eingeflößt, das kalt durch ihre Kehle lief.

Es dauerte eine Stunde, bis sie wieder bei sich war.

Grinsend saß Dominik im Sessel. Das Erste, was sie neben seinem lachenden Gesicht sah, war seine riesige Latte. Erst jetzt bemerkte sie, dass ihre Beine gespreizt waren.

»Wenn du offen bist, bist du noch schöner!«, meinte er lächelnd.

Anna schreckte hoch. »Was haben wir gemacht?«, schrie sie.

»Nun ja, du bist geil gekommen und ich habe dich probiert.«

»Das darf dein Vater niemals erfahren!«

»Tja, da wäre ich mir nicht so sicher. Was machen wir, wenn mir zufällig Worte rausrutschen, die ich dann nicht mehr zurücknehmen kann?«

Anna wollte aufstehen, spürte aber ihre geschwollene Perle.

»Scheinst etwas geschwollen zu sein!«, stellte er lachend fest.

»Du hast es mir wunderschön gemacht, aber wir dürfen es nie wiederholen.«

»Wie du meinst. Ich gehe jetzt nach oben und wichse. Bis dann!« Er stand auf und ließ sie allein. Mit großen Augen schaute sie ihm hinterher. Auch wenn ihr Mann mal wieder auf Geschäftsreise war und sie keinen Besuch erwartete, zog sie sich hastig an. Niemals hätte sie gedacht, dass sie so die Kontrolle über sich verlieren würde.

Sie war immer noch nervös. Aufgeregt ging sie in die Küche und öffnete eine Zigarettenpackung. Seit einem Jahr hatte sie keine mehr geraucht, aber jetzt brauchte sie den Glimmstängel zur Beruhigung. Tief inhalierte sie den Rauch und fühlte sich endlich etwas besser. Wie sollte es jetzt weitergehen? Dominik würde keine Ruhe geben, bis er von ihr bekäme, was er wollte, und das war ihr Körper!

***

Zwei Stunden später kam er nackt in die Küche und schenkte sich ein Glas Wasser ein. Er spürte ihre Blicke, die auf seinem Stab klebten. »Geht es dir besser?«, fragte er leise.

»Ja«, antwortete sie, auch wenn es gelogen war.

Dominik hatte wirklich einen süßen Knackarsch, wie sie feststellte, und sein Schwanz war nicht zu verachten. Schon brannte in ihr wieder das Feuer der Lust.

»Hast du eine geraucht?«, fragte er.

»Ja, ich hatte es nötig«, antwortete sie und wurde rot im Gesicht.

»Ich habe erst mal geil gewichst. Hab mir dabei einen geilen Porno angesehen. Die kleine Sau wurde gefesselt und benutzt. Manchmal stehe ich drauf, Frauen brauchen das auch mal, so richtig derbe behandelt zu werden.« Mit einem sexy Blick, der über ihren Körper wanderte, verschwand er in seinem Zimmer.

Seine letzten Worte hallten in ihrem Ohr nach. Schon allein der Gedanke, sich Dominik zu unterwerfen, ließ sie geil werden. Eine Welle der Erregung überrollte sie. Wieder stieg in ihr der Wunsch auf, geil genommen zu werden, ohne sich wehren zu können. Wie oft träumte sie davon, rücksichtslos auf ein Bett geworfen zu werden. Nackt stand ihr Lover vor ihr und drängte sich zwischen ihre Beine. Hart rieb er seinen Muskel an ihrer Perle. Der Typ, dessen Namen sie nicht einmal kannte, roch nach Bier und Schweiß. Brutal drückte er ihre Beine auseinander und drang in sie ein. Der Riemen füllte sie vollständig aus. Hart wurde sie gefickt. Sie dachte daran, sich zu wehren, aber sie genoss es einfach zu sehr. Rücksichtslos spielte er an ihren Titten und drückte ihr seine Lippen auf den Mund. Er schmeckte schrecklich und doch explodierte sie in dem Augenblick, als er ihr seine Zunge in den Mund steckte.

Sollte sie es wagen, diesen Traum mit Dominik auszuleben? Die Frage konnte sie nicht beantworten.

***

Am Abend machte sie wie üblich Essen. Bevor sie Dominik rief, schaute sie in den Spiegel. Die Schürze, die sie angelegt hatte, ließ sie unattraktiv aussehen, so wie sie es wollte! Auf gar keinen Fall wollte sie Dominiks Lust wecken. Unter der Schürze trug sie einen kurzen Rock, der ihre sexy Beine betonte. Nein, der musste auch weg. Aus der hintersten Ecke ihres Kleiderschranks holte sie eine Jogginghose und zog sie an. Jetzt passte es.

»Dominik, das Essen ist fertig!«, rief sie die Treppe hinauf.

Schon hörte sie seine Schritte. Er war immer noch nackt.

Er setzte sich an den gedeckten Tisch und begann zu essen. Sein durchtrainierter Oberkörper und seine behaarte Brust erregten sie maßlos. »Setz dich doch zu mir. Das Outfit ist ja ganz nett, aber ich bin immer noch geil auf dich!«, erklärte er.

»Dominik, wir dürfen das nicht!«, maßregelte sie ihn.

»Ja, ja.«

Sie aßen, als wäre nichts gewesen.

Nachdem er fertig war, grinste er sie an. »Ich habe noch Lust.« Er holte einen ihrer benutzten Strings aus dem Wäschekorb im Badezimmer und legte sich das Stück Stoff auf dem Tisch zurecht. Fasziniert schaute sie zu, wie er begann, sich zu wichsen.

»Na, was denkst du?«, fragte er.

»Nichts. Ich hoffe, du wirst schnell fertig. Ist ja ekelhaft!« Nein, es war nicht ekelhaft. Sie wurde innerhalb von Sekunden feucht. Wie gern hätte sie ihn jetzt verwöhnt.

Schon bald tropfte seine Sahne auf den sündigen Stoff.

»Komm her und nimm ihn in den Mund, du Stück!«, hörte sie in Gedanken seine Stimme. Hart und unbarmherzig klangen seine Worte in ihren Ohren.

Sie kniete sich hin.

Dominik riss sie an den Haaren. »Leck ihn!«, befahl er.

Anna fügte sich und nahm sein Rohr in den Mund ...

»Ich bin fertig, wollen wir abräumen?«, holte er sie wieder in die Realität zurück.

»Was?«

»Abdecken!«

Sie stand auf und half ihm.

»Ich lass den String hier liegen. Wäre schön, wenn ich morgen früh ein getragenes Höschen von dir bekomme. Etwas mehr Stoff ist gut beim Wichsen. Noch was, ich suche gleich mal nach geilen Nutten. Vielleicht bestelle ich mir die nächsten Tage eine Hure, dazu brauche ich dann deine getragenen Sachen, die meine süße Gespielin anziehen kann. Ich will dich riechen, wenn ich sie nehme.«

Seine Worte erschütterten sie ins Mark. Unterschwellig sagte er ihr, dass er sie wollte, und sie wollte es auch, doch sie konnte doch nicht einfach zu ihm sagen, dass er sie vögeln konnte, wann er wollte.

Nach dem Essen stieg sie unter die Dusche. Als sie sich abtrocknete, öffnete er die Tür. Sofort fühlte sie dieses Kribbeln der Erregung in ihrem Leib.

Breitbeinig stand er vor ihr. Sein Riemen wuchs innerhalb von Sekunden. »Ich wollte ans Waschbecken«, meinte er.

»Natürlich.« Bereitwillig machte sie Platz und trocknete sich weiter ab. Dabei sah sie, wie Dominik ihr durch den Spiegel zuschaute. Sie wollte sich keusch verhalten, aber sie schaffte es einfach nicht. Provozierend trocknete sie sich die Brüste ab. Sein Hobel wurde immer härter. »Findest du, dass meine Möpse größer geworden sind?«, fragte sie.

Er drehte sich um und starrte auf ihre geilen Hügel. »Nein, schätze nicht.« Schon stand er mit dem Gesicht wieder vor dem Spiegel.

Er hatte sie wirklich abgebügelt! Das weckte noch mehr Lust in ihr. Breitbeinig stellte sie sich hin und tupfte ihre Pflaume trocken. Die Spannung zwischen ihnen wurde immer größer und intensiver. Anna brannte vor Lust.

Nachdem sie wieder allein war, schnaufte sie laut durch. Ihr Körper brannte nach seinen Berührungen, nach seinem Körper und seinem harten Schwanz. Nackt ging sie in ihr Schlafzimmer und begann zu schreiben. Ihr Sextraum nahm immer mehr Platz in ihrem Kopf ein. An nichts anderes konnte sie denken. Sie schrieb einen langen Brief, was gar nicht so einfach war. Immer wieder musste sie ihre Spalte streicheln. Sie war läufig. Für einen Augenblick war sie drauf und dran, nackt in Dominiks Zimmer zu gehen und sich ihm zur Benutzung anzubieten. Wie er mit seinen großen Händen nach ihr griff und sie für ihre schamlosen Demütigungen, die sie ihm zugefügt hatte, bestrafte. Sie brutal nahm und seine Geilheit an ihr auslebte. Ihr ohne Liebe und Zuneigung die Lust aus dem Körper bumste und nur an seine Bedürfnisse dachte!

Erst mitten in der Nacht hatte sie den Brief fertig. Vorsichtig schlich sie zu seinem Zimmer und schob das zusammengefaltete Blatt Papier unter seiner Tür hindurch. Mit einem gewaltigen Kribbeln in ihrer Muschel ging sie ins Bett.

***

Dominik machten die letzten Tage mehr zu schaffen, als er zeigte. Die Gier nach seiner Stiefmutter nahm immer weiter zu. Er musste nur in ihrer Nähe sein und schon stand sein Stab der Lust. Auch er konnte nicht schlafen. Auch wenn er geil war – Anna in ihrem eigenen Saft schmoren zu sehen, war seine süße Rache. Alles wollte er ihr heimzahlen. Jede einzelne Demütigung würde er ihr in Rechnung stellen. Noch hielt er sich an seine eigenen Regeln, auch wenn es ihm immer schwerer fiel.

Als sie den Zettel unter der Tür durchschob, war er noch wach. Aufgeregt nahm er das Blatt Papier und faltete es auseinander. Neugierig las er die Zeilen, die pure Lust ausdrückten. Schon nach drei Sätzen war er steinhart. Die Worte trieften vor Erregung.

Sie hatte einen ungewöhnlichen Brief formuliert, der aber einen Reiz auf ihn ausübte, der ihn immer mehr in seinen Bann zog. Mehrfach wichste er sich in dieser Nacht, aber die Erleichterung nach seinem Samenerguss hielt nur Minuten an. Schon beim Gedanken an ihren Wunsch und die Zeilen, die sie geschrieben hatte, stand sein Muskel wieder und wieder.

***

Am nächsten Tag bereitete Anna das Frühstück vor. Sie vergaß die Hälfte, weil sie nur an ihren Brief dachte. Wie Dominik wohl reagieren würde?

Gegen sieben stand er auf. Die letzte halbe Stunde vor sieben kribbelte und pochte es in Annas Körper, als würde ein ganzer Wald in ihrem Körper leben. Dann hörte sie endlich seine Schritte und kurz darauf stand er angezogen und bereit für die Uni in der Küche.

»Guten Morgen.«

»Da bist du ja.«

Beide schauten sich an, sagten aber kein Wort. So nervös war sie noch nie gewesen. Würde er etwas sagen? Wenn ja, was? Alles war möglich, von völliger Entrüstung bis hin zu totaler Erregung.

»Was hast du heute für Vorlesungen?«, fragte sie interessiert.

»Nur Sozialkunde.« Er lächelte sie an.

Die nächsten zehn Minuten sprachen sie über völlig belanglose Sachen.

»Ich muss jetzt los«, sagte er dann und stand auf.

Bevor er ging, küsste er sie auf die Wange. »Zieh dich ab jetzt bitte wieder supersexy an.«

Es waren nur wenige Worte, aber die hatten es in sich. Hatte er verstanden, was sie wollte? Spielte er mit ihr oder wollte er zusammen mit ihr den heißen und anrüchigen Sextraum erleben?

Als er die Haustür schloss, war sie schon etwas enttäuscht, hatte sie sich doch eine Reaktion von ihm erhofft. Doch er hatte ihr einen Hinweis gegeben.

An sexy Sachen mangelte es ihr nicht. Drei Stunden probierte sie die sündigsten Sachen an.

***

Als er von der Uni kam, stand sie voll geschminkt und nur mit einem weißen Body bekleidet in der Küche. Das Stück Stoff war bis zum Bauchnabel ausgeschnitten und bedeckte ihre Titten nur notdürftig. Tief schnitt sich der Stoff in ihr Fleisch. Ihre Erregung kannte keine Grenzen, der Gedanke an den sündigen Brief und seine möglichen Folgen machten sie rasend vor Erregung. Sie war nicht nur geil, sie brannte vor Lust. Wenn er ihr heute sagen würde, sie solle mit dem nächsten Kerl bumsen, der ihr über den Weg lief, dann hätte sie es gemacht. Ohne Fragen und ohne Hemmungen.

Als sie hörte, wie Dominik den Schlüssel ins Schloss der Haustür steckte, zuckte sie zusammen.

»Hallo, ich bin wieder da!«, rief er aus dem Flur.

»Ja, mein Schatz! Ich bin in der Küche.«

Kurz darauf stand er hinter ihr. »Das riecht ja toll.«

Wie geil sie in ihrem sündigen Stoff aussah! Knallhart war sein Stab. Am liebsten wäre er jetzt über sie hergefallen, doch noch hatte sie nicht genug in ihrem Saft geschmort.

Dominik setzte sich an den Tisch und wartete, bis sie sich zu ihm gesetzt hatte. Ihre vollen Brüste hüpften fast aus dem Body. Gierig schaute er auf ihre Fleischberge.

Natürlich spürte sie seine Blicke und wurde immer schärfer.

Seine Gier war ihre Lust. Die Spannung zwischen ihnen wurde immer größer. Sie sehnte sich nach ihm und er sich nach ihr. Wer würde den Knoten zuerst zerschlagen?

Dominik stand auf, dabei musste er dicht an ihrem Körper vorbei. Seine Beule war gigantisch.

»Dominik, das geht so nicht mehr!« Schnaufend stand sie auf.

»Halt den Mund, du Miststück.«

Sie blieb wie erstarrt stehen. Genauso hatte sie es sich vorgestellt.

Grinsend packte er sie an den Haaren und zog sie die Treppe hinauf. Bald erreichten sie ihr Schlafzimmer, wo er sie mit aller Kraft bäuchlings auf das Bett schubste.

Sie hörte, wie er die Knöpfe seiner Hose öffnete und diese zu Boden fiel. So hatte sie es sich gewünscht, aber es jetzt zu erleben, fühlte sich noch besser an. Jetzt löste er seinen Hosengürtel. Bald saß er auf ihren strammen Oberschenkeln und drückte sein hartes Rohr gegen ihren Body. Der Kerl wollte an ihre Rosette. Nur der knappe Stoff trennte sein Rohr von ihrem Arschloch.

Plötzlich spürte sie einen harten Schlag auf ihrem Arsch. Der Schmerz war intensiv. Laut stöhnte sie auf.

»Jetzt fick ich dich, du hast mich lange genug gedemütigt!«, flüsterte er ihr ins Ohr und zog sie kräftig an den Haaren.

Der Schmerz wirkte als Katalysator, sie glühte im Fieber der Lust. Mehrfach schlug er ihr auf den Arsch. Bald spürte sie ein starkes Brennen auf ihrem knackigen Hintern.

»Nun wirst du eingeritten. Wenn ich mir dir fertig bin, wirst du alles machen, was ich will. Stöhn, du geile Stute!« Er lachte gemein.

Seine bösen Worte und der Schmerz waren genau das, was sie wollte. Wie ein Wildpferd, das mit der Gerte gezähmt wird, schlug er ihr weiter auf den Arsch und rieb seinen harten Bolzen daran. Plötzlich hörte er auf und sie spürte ein Messer an ihren Schenkeln.

»Jetzt werde ich dich gleich nehmen. Ich bin mal gespannt, wann du vor Lust heulst.«

Schon wurde ihr Body im Schritt aufgeschnitten. Jetzt fiel ihr letzter Schutz und sie war ihm hemmungslos ausgeliefert.

Hart drückte sich sein Rohr gegen ihren Arsch. »Du wirst geil mitmachen, sonst bekommst du heute nichts mehr zu essen.«

Das stand nicht in ihrem Brief, aber sie war schon längst mit ihrer Lust in einem ganz anderen Universum – als würde man ihren Körper auf einer Raketenspitze festbinden und sie ins Weltall katapultieren. Alles in ihr bestand nur noch aus Lust. Die Schmerzen, ihre Hilflosigkeit und seine rüpelhafte Art bündelten ihre Lust wie ein Brennglas.

Hemmungslos rammte er ihr seinen steinharten Muskel tief in die Möse. Als er tief in ihr steckte, explodierte ihre Lust. Es war kein Höhepunkt, es war eine Obsession. Ihr Körper verkrampfte, ihre Spalte brannte vor Erregung und heiße Schauer jagten durch ihren Körper.

Nun spürte sie die Spitze des Messers an ihren Schenkeln und explodierte gleich noch mal. Anna hatte den letzten Höhepunkt schon gigantisch gefunden, aber dieser toppte alles. Sie schrie, schnaufte und stöhnte vor Lust. In dem Augenblick hob die Rakete ab und alles in ihr vibrierte. Mit atemberaubender Geschwindigkeit wurde sie ins All geschossen und fühlte gleich darauf diese intensive Schwerelosigkeit, die alles so leicht machte. Jetzt wurde sie hart gebumst.

»Dreh deinen Kopf zur Seite und mach dein Mund auf!«, hörte sie seine Stimme. Was hatte er jetzt wieder vor? Bereitwillig tat sie es.

Dominik spuckte auf das Kissen. »Leck es mit deiner Zunge auf!«

Sie fühlte sich schmutzig und doch war diese Demütigung die Kirsche auf der Sahnetorte.

Hart penetrierte er sie. Er legte sich auf sie und drückte sie noch intensiver auf das Bett. Mit kurzen harten Beckenstößen fickte er sie fast wund. Es war viel schöner, als sie es sich vorgestellt hatte. Erste Schweißtropfen klatschten auf ihren Rücken. Reagierte er sich so intensiv an ihr ab, dass sich Schweiß auf seiner Stirn bildete? Der Gedanke erregte sie noch weiter.

Plötzlich spürte sie seine Zähne an ihrer Schulter knabbern.

Er schnaufte laut vor Anstrengung. »Jetzt schmiere ich dich das erste Mal.«

Sie konnte nichts mehr sagen! Seine Sahne schoss in ihre Perle, als würde ein U-Boot einen Torpedo abschießen. Wild zuckend erlebte sie einen weiteren gigantischen Höhepunkt. Der warme Saft in ihr wurde immer mehr. Ihre Perle füllte sich weiter mit seiner weißen Flüssigkeit.

Nachdem er sie total vollgeschleimt hatte, ließ er sich neben ihr auf das Bett fallen und schnappte nach Luft.

»Zufrieden?«, fragte sie.

»Das war der geilste Sex meines Lebens.«

»Stimmt«, gurrte sie und reichte ihm Papiertaschentücher.

»Brauchst du sie nicht dringender?«, fragte er, während er den weißen Schleim um ihre Möse betrachtete.

»Lass mal, du hast mich heute mit Sicherheit nicht das letzte Mal genommen.«

»Wenn du es willst?« Er grinste dreckig.

Anna drückte sich in seine Arme und streichelte über seinen Stab. »Soll ich noch was sagen oder lieber gleich blasen?«

Ich will benutzt werden

»Huhu, Joshua! Bist du da?«

Diese Tonlage war Musik in seinen Ohren. Die Stimme gehörte Cassandra. Voller Freude schaute Joshua aus dem Fenster seiner kleinen Gartenhütte. Da stand dieses heiße Weib mit ihren langen schwarzen, gewellten Haaren vor seiner Parzelle und wartete auf ihn. Sofort wurde er hart im Schritt. Sie trug ein geiles rotes Top, unter dem sich ihre dicken Titten abzeichneten, dazu sah man einzelne Speckröllchen und ihr geiles Becken. An manchen Stellen hatte sie etwas mehr zu bieten, aber gerade dafür mochte er sie so.

Joshua riss das Fenster auf: »Ich bin gleich bei dir.«

»Danke.« Sie lächelte ihn an.

Mit ihren achtundzwanzig Jahren war sie wirklich heiß. Nicht nur ihr Körper war ansprechend, auch ihre Persönlichkeit sprach ihn total an. Eine so zuvorkommende und herzliche Frau hatte er selten kennengelernt. Er freute sich sehr darauf, mit ihr zu sprechen.

Mit einem Strahlen im Gesicht ging er zu ihr. »Gut siehst du aus!«, sagte er leicht verlegen.

»Danke, du alter Charmeur.«

»So bin ich. Was kann ich für dich tun?«

»Ich fahre mit meiner Tochter für drei Wochen in den Urlaub. Wärst du so nett, dich um meinen Garten zu kümmern? Ist zwar alles fertig, aber mal gießen und nach dem Rechten sehen. Bekommst du das hin?«, fragte sie und klimperte mit den Augen, sodass er gar nicht Nein sagen konnte.

»Natürlich mache ich das.«

»Du bist ein Schatz. Wenn ich wieder da bin, revanchiere ich mich.« Sie schaute ihn vielsagend an.

Schon wurde es noch enger in seiner Hose. Mit ihren ein Meter fünfundsiebzig, dem heißen Vorbau und ihrem ultraknackigen Arsch, der sich herrlich unter ihrer engen Leggins abzeichnete, war sie eine Sünde wert. Gierig betrachtete er ihren sexy Körper. Von der Oberweite her schätzte er ihre Dinger auf sicherlich fünfundneunzig E. Wie gern würde er mal an ihren geilen Hupen spielen, um sie mal so richtig in Wallung zu bringen. Bestimmt ging die geile Sau total steil im Bett.

»Wir werden sehen«, antwortete er genauso vielsagend.

»Danke, und jetzt lass dich drücken«, sagte sie lächelnd.

Das ließ er sich nicht zweimal sagen und umarmte diesen heißen Frauenkörper so intensiv wie möglich, dabei stupste sein Rohr gegen ihre Schenkel.

»Joshua, bist du etwa scharf auf mich?«, fragte sie mehr im Scherz.

»Gute Reise«, flüsterte er.

***

Nur eine Stunde später schaute er sich in ihrem Garten um. Neugierig schloss er die Tür zu ihrer Hütte auf. Eine ganz normale Hütte, wie es sie millionenfach gab, aber plötzlich stutzte er. Ein roter BH und ein passender String, der mit Spitze und transparenten Rosen bestickt war, sprangen ihm ins Auge. Er roch an ihrem String, der wundervoll nach ihr duftete. Seit mehr als einem Jahr kannte er sie jetzt und genauso lang war er scharf auf sie. Doch sie hatte ihn mehrfach mit völlig abstrusen Begründungen abgebügelt und er hatte irgendwann aufgegeben.

Vor einer Woche war es besonders schlimm gewesen. Sie hatte für ihre Tochter einen Pool aufgebaut und tollte in einem heißen weißen Bikini mit ihrem Kind im Wasser herum. Joshua bekam das zufällig mit. Als sie aus dem Wasser kamen, ging er an ihrer Parzelle vorbei. Das süße Luder hatte ihren rechten Nippel gepierct. Doch das war nur eine Sache, die ihn aufgeilte. Der weiße nasse Stoff lag wie eine zweite Haut über ihren Brüsten und ihrem Schoß. Cassandra hatte nicht mal den Ansatz von Cellulite, ihre Beine waren elastisch und glatt. Nach diesem Erlebnis hatte er seine Palme geschüttelt.

Nun hielt er dieses süße Geschenk von ihr in seinen Händen und war wieder mal so derbe geil auf sie, dass er den Stoff gleich an sich nahm. Total erregt fuhr er mit seinem Wagen nach Hause.

In seiner Wohnung angekommen, drapierte er den geilen Stoff auf seinem Wohnzimmertisch und malte sich aus, wie sie in diesem Hauch von nichts vor ihm stand und sich ihm derbe anbot. Sofort befreite er seinen harten Rüssel aus seinem Gefängnis. Voller Lust setzte er sich auf seine Couch und streichelte ihre heiße Wäsche. Der Gedanke, dass der Stoff ihre Perle bedeckt hatte, erregte ihn maßlos. Gierig fasste er ihr in Gedanken zwischen die Beine und drückte ihr den Stoff in die Spalte. Nur Sekunden später spritzte er seine warme Soße in ihren String. Was für ein geiles Erlebnis!

Als Nächstes beschäftigte er sich mit ihrem BH. Wie groß die Schalen doch waren. Na ja, bei den dicken Dingern brauchte es viel Stoff, um die vollen Möpse in Form zu halten. Mit den Händen erkundete er jeden Millimeter des Materials. Sofort stand sein Prügel und wollte wieder verwöhnt werden. Zehn Minuten schaffte er es, bevor er seine erste Ladung auf ihrem BH verteilte.

***

In den nächsten drei Wochen hatte er ihre Unterwäsche ständig bei sich. Bei jeder Gelegenheit wichste er sein Rohr und entlud seine Ladung auf ihrem Stoff. Es waren Tage der Lust und der versauten Gedanken. Mittlerweile hatte er sie in allen möglichen Positionen gebumst und mal hart und mal zärtlich genommen.

Als er wieder mal in seinem Garten saß und an sich spielte, hörte er Cassandras Stimme. Er schaute auf den Kalender. Die drei Wochen waren wirklich schon vorbei. Hastig schnappte er sich die Plastiktüte, in der er ihre geile Wäsche mit sich führte. Als er seine Hütte verließ, hörte er ihre und eine zweite Stimme. Sie wurde aufgehalten, das war gut! Er hastete in ihren Garten und versteckte die Wäsche. Scheiße, sie war natürlich noch voll Sperma. Schritte kamen näher. Was sollte er jetzt tun? Schnell versteckte er ihre Unterwäsche unter einer Kommode, die in ihrer Hütte stand.

Mit seinem schönsten Lächeln verließ er die kleine Behausung. »Ah, Cassandra. Du bist wieder da!«, tat er total entspannt.

»Joshua, schön, dich zu sehen!«

Sie sah wieder so heiß aus. Ein kurzes rotes Kleid, durch das man ihre geilen Hupen erkennen konnte, bedeckte ihren drallen Körper.

»Lass dich drücken. Wie geht es dem Garten?«, fragte sie.

»Du siehst es ja, alles in Ordnung.«

»Sehr schön, und in der Hütte?« Sie betrat ihre vier Wände aus Holz und schaute sich um. Ein Teil ihres roten BHs linste unter der Kommode hervor. Neugierig griff sie danach. »Joshua, du hast das Teil total vollgewichst! Kannst du mir das bitte mal erklären?«

»Ich hatte halt Lust«, stotterte er.

»Wir hatten das doch geklärt. Ich will keine Beziehung.«

»Ja, und deswegen habe ich draufgewichst.« Langsam wurde er wütend. Was fiel ihr ein? Er hatte drei Wochen ihren Garten gemacht und nun beschwerte sie sich, weil er auf ihre Sachen gewichst hatte? Dummes Ding!

»Ich habe dir meinen Garten anvertraut und nicht gesagt, wichs auf alles, was du hier findest!« regte sie sich auf.

»Du machst mich halt geil. Ist nun mal so!«, reagierte er trotzig.

»Und deswegen benutzt du meine Wäsche? Deine dreckigen Fantasien kannst du für dich behalten.«

»Werde ich auch. Einen schönen Tag dir!«, waren seine letzten Worte.

Voller Wut ließ er sie stehen. Was regte sie sich auf? Er war jung und gut aussehend und hatte halt Lust. Und wenn sie die Beine nicht breitmachen wollte, musste sie halt mit seiner Begierde leben, auch wenn es ihm leidtat, dass sie sich jetzt stritten.

***

Einen Tag später war er gerade damit beschäftigt, seinen Rasen zu mähen, als sie in einem kurzen Lederrock und weißem Spaghettiträger-Top in seinen Garten kam. Sexy sah sie aus! Joshua war schon wieder geil auf ihren sündigen Körper.

»Können wir reden?«, fragte sie.

»Warum?«, reagierte er zornig.

»Weil ich mich entschuldigen möchte.« Sie lächelte ihn an.

»Wenn du willst. Gehen wir in meine Hütte.«

Sie ging vorweg. Ihr Rock war wirklich gigantisch kurz. Wäre er nur wenige Millimeter kürzer gewesen, hätte man ihre fleischigen Backen gesehen. Seine Latte war mittlerweile gewaltig. Zu gern hätte er ihr unter den Rock gegriffen und an ihrer Fotze gespielt. Bestimmt war die geile Sau schön nass.

»Also, was willst du?«, fragte er reserviert.

»Vielleicht habe ich doch etwas überreagiert«, meinte sie seufzend.

»Ja, da gebe ich dir Recht.«

»Mir ist unsere Freundschaft sehr wichtig. Was hältst du von einem Kompromiss? Ich mach dir einen geilen Handjob.«

Er schaute sie an und wog den Kopf hin und her. Ein spontaner Plan entstand in seinem Kopf, der ihr nicht gefallen, ihm aber große Freude machen würde. »Ich will deine Fotze sehen und ich liege unten«, forderte er.

»Du geiler Bock. Na los, leg dich hin.« Sie lachte dreckig.

Gierig schaute er ihr dabei zu, wie sie ihren weißen String auszog. Volle fleischige Schamlippen kamen zum Vorschein.

»Ich möchte deine Fotze sehen«, forderte er mehr.

»Na gut.« Sie lächelte verständnisvoll und zog auch ihren Rock aus.

Jetzt konnte er ihre Spalte in voller Größe sehen. Ein toller Anblick! Joshua lag schon auf seinem Bett und schaute sie lüstern an.

»Na, dein Freund steht ja schon, da muss ich wohl kaum noch was machen.« Sie grinste und setzte sich auf seine Schenkel.

Geil wichste sie ihn. Cassandra hatte es drauf, schon nach Sekunden glänzte seine Eichel.

»Ich will deine Schamlippen anspritzen, du Sau!«, stöhnte er.

Er wollte immer mehr. Ein wenig störte es sie schon, dass er seine Forderungen immer erweiterte, aber es machte sie auch geil, wie er sich unter ihren Fingern wand. So tat sie ihm auch diesen Gefallen und beugte sich über seinen harten Stab. Er seufzte laut, als ihre Schamlippen zufällig seine Eichel berührten. Sie wollte es nicht, aber es war nun mal passiert.

»Komm für mich«, hauchte sie.

Er wurde immer unruhiger. Lange würde es nicht mehr dauern, bis er käme.

Wie aus dem Nichts fassten seine Hände nach ihren Schenkeln und drückten sie nach unten. Cassandra konnte sich nicht wehren. Sie rutschte auf seine Lenden und spürte plötzlich seinen Schwanz tief in ihrer Möse. Bevor sie reagieren konnte, grunzte er wie ein Wildschwein und pumpte seinen Samen in ihren Honigtopf. Er besamte sie mit so einer Wucht, dass sie ein geiler Höhepunkt erfasste. Ihr Körper zitterte vor Lust, während sie auf dem unerwarteten Höhepunkt der Lust ritt. Mit steinharten Nippeln stöhnte sie laut und gab sich ihren Gefühlen hin.

Joshua pumpte ihr gefühlt Liter des weißen Saftes der Liebe in die Fotze. Es dauerte einige Minuten, bis sie wieder bei sich war.

Dann verpasste sie ihm voller Zorn eine schallende Ohrfeige. »Spinnst du? Wir hatten über einen Handjob gesprochen und nicht über meine Besamung.« Sie stand auf und schaute an sich herunter. Massen an Sperma liefen aus ihrer Möse.

»Jetzt reg dich nicht so auf. Sieht doch geil aus. Du bist ganz schon eng. Gefällt mir!« Er lachte dreckig.

»Ich habe nicht gesagt, dass du in mir kommen sollst!« Sie richtete ihren Rock, während sein Saft an ihren Schenkeln herunterlief. »Wir haben uns nichts mehr zu sagen!«, brüllte sie und stapfte davon.

Doch das war nicht ganz die Wahrheit gewesen. Es erregte sie maßlos, dass er sie genommen hatte, ohne dass sie es wollte. Der Gedanke, benutzt worden zu sein, fühlte sich schmutzig, aber auch geil an. Aber sie konnte und wollte es nicht zugeben, dafür hatte er sich unmöglich verhalten. Sie war kein Stück, das man einfach so benutzen konnte, auch wenn es geil war, einfach so vollgeballert zu werden.

Als sie nach Hause kam, sah sie die ganze Bescherung. Eine Mischung aus Schleim und Sperma lief aus ihrer Perle. Scheiße, sie hatte ihren String bei ihm vergessen. Sofort war ihr klar, was mit dem wenigen Stoff passieren würde. In Gedanken malte sie sich aus, wie er auf seinem Bett lag, den weichen Stoff über seine Eichel rieb und sie in Gedanken hart fickte. Gänsehaut legte sich über ihre Schultern. Ein leichtes Ziehen zog sich durch ihren Unterbauch – ein untrügliches Zeichen dafür, dass sie erregt war.

Sie stellte sich vor den Spiegel und schaute ihr Spiegelbild an. Schon oft hatte sie sich über SM Gedanken gemacht. Ja, sie war eine junge Mutter und das passte mit ihrer geheimen Neigung, wenn man das überhaupt schon so nennen wollte, nicht zusammen. Oft hatte sie sich gewünscht, mal so richtig verdorben benutzt zu werden. Ein Pornovideo würde sie in ihrem Leben nicht mehr vergessen: Eine junge Stute bekam die Augen verbunden. Ein Kerl mit einem steinharten Schwanz quälte die attraktive Frau mit großen Dildos, die er ihr in all ihre Löcher schob. Die Hure kniete doggy auf einer Decke und während ihr ein harter Stab in den Arsch geschoben wurde, zitterte ihr schlanker Bauch. Mehr als eine Stunde wurde sie benutzt und anschließend von dem Typen hart besamt. Am Ende des Videos nahm ihr Stecher ihr die Augenbinde ab und küsste sie zärtlich …

Der Gegensatz von Demütigung und Zuneigung machte Cassandra maßlos scharf. Bestimmt schon dreißig Mal hatte sie sich das Video angesehen und hatte jedes Mal ihre Lust befriedigen müssen. Ja, es war schmutzig, sich solche Videos anzusehen, aber auch so geil. Schon beim Gedanken daran wurde sie wieder feucht.

Cassandra legte sich auf ihr Bett und begann sich zu streicheln. Wie Joshua sie auf seinen Hobel gezogen und besamt hatte! Besonders sein tierisches Grunzen erregte sie, weil es so animalisch war. Sie drang mit den Fingerspitzen in sich ein, dabei stellte sie sich perverse Stellungen vor, in denen er sie bestieg.

Eine weitere schmutzige Fantasie schoss ihr durch den Kopf: Sie lebte in der Steinzeit. Er kam mit einem getöteten Tier zurück. Seine Brust und sein Rücken waren mit Haaren übersät. Nachdem er das Tier abgelegt hatte, starrte er sie gierig an. Als sie sich über das Feuer beugte, packte er sie von hinten und rammte ihr seinen Stab brutal unten rein. Ohne Rücksicht fickte er sie, dabei packte er ihre Titten und knetete sie so hart, dass es ihr wehtat. Die Brutalität, mit der er sie nahm, ließ ihr heiße Schauer über den Rücken laufen. Als er sie vollrotzte, spürte sie erneut die Kraft, mit der er sie schmierte. In dem Augenblick erfasste sie eine gigantische Faust und schüttelte ihren Körper vor Lust kräftig durch. Wie ein Hund, der aus dem Wasser kommt und sich schüttelt, verhielt sich ihr heißer Körper. Erschöpft und glücklich schloss sie die Augen und gab sich der Befriedigung hin ...

Nach zwei Stunden stand sie auf. Ihr Körper wollte mehr. Mehr SM! Innerlich kämpfte sie mit sich. Sollte sie Joshua beichten, dass es sie maßlos geil gemacht hatte, wie er sie überrumpelt und in ihr geiles Loch gespritzt hatte? Doch war sie wirklich bereit, diesen Weg zu gehen? Trotz aller Zweifel überwog die Neugier, und das schweinische Grunzen, mit dem er in ihr gekommen war, weckte ihre Lust.

***

Zwei Tage hatte sie sich nicht in der Gartenanlage blicken lassen. Cassandra war sich nicht sicher, ob sie wirklich bereit war für diese Spielart der Liebe. Wie stand Joshua überhaupt dazu? Hatte er sie nur genommen, weil er gerade Lust hatte, oder stand er auch auf SM? Sie war unsicher.

Als sie an seiner Parzelle vorbeiging, war er gerade bei der Gartenarbeit. War das Zufall oder Schicksal? Er schaute sie an und sie ihn. Ihre Blicke vermittelten Neugier, Vorsicht und Unsicherheit.

»Cassandra, wir müssen reden!«, kam Joshua ihr zuvor.

»Ist das nicht mein Part?« Sie lächelte vorsichtig.

Er trat an den Zaun. Sein nackter Oberkörper glänzte vor Schweiß in der Sonne und der muskulöse Bauch machte Lust auf mehr. Auf seiner Brust sah sie einen leichten Pelz, was sie an ihren sündigen Traum vom harten Sex mit einem Neandertaler erinnerte.

»Es tut mir leid, ich hätte nicht in dir kommen dürfen«, meinte er entschuldigend.

»Stehst du darauf, Frauen zu benutzen?«, fragte sie direkt.

»Du meinst, ob ich auf SM stehe? Geil ist es schon, aber ich habe es noch nicht ausprobiert.«

»Hast du Lust darauf? Ich fand es total geil, wie du mich benutzt hast«, flüsterte sie.

Joshua schluckte. Hatte sie das wirklich gerade gesagt? Sein Schwanz machte sich deutlich bemerkbar. »Meinst du das ernst?«, fragte er.

»Müssten wir mal drüber sprechen. Wir sehen uns«, sagte sie und ließ ihn stehen.

Ihr Puls raste. Wow, sie war wirklich cool geblieben, auch wenn sie jetzt schon maßlos geil war. Würde er sie unterwerfen? Wie würde er es machen? Müsste sie ihm als Hure dienen? So kannte sie sich gar nicht. Schmutzig, sündig und versaut waren ihre Gedanken.

Mit pochendem Herzen erreichte sie ihren Garten. Als sie ihre Hütte aufschloss, fiel ihr Blick auf den vollgespritzten BH. Unter der Kommode entdeckte sie auch ihren String, der mit noch mehr Sperma benetzt war. Sie strich mit dem Finger über den Stoff und stellte sich vor, wie Joshua hart seinen Schwanz wichste und sich vorstellte, welch versauten Wünsche sie ihm gerade erfüllte. Sie war maßlos geil und wollte mehr von ihm, und das sofort! Cassandra griff zum Handy und rief Joshua an.

»Hallo«, meldete er sich.

»Kannst du gleich mal zu mir kommen? Ich möchte meine Hütte umräumen und brauche Hilfe.«

»Ja, in fünf Minuten bin ich bei dir.«

»Danke.«

Fünf Minuten hatte sie also. Schnell zog sie sich aus. Völlig nackt streichelte sie über den vollgerotzten Stoff. Als sie zwischen ihre Beine schaute, sah sie ihre glänzende Spalte. Sie war erregt und feucht, griff nach der spermabeschmierten Unterwäsche und zog sie an. Ein intensives Pochen zwischen ihren Beinen steigerte ihre Lust weiter. Rasch zog sie ein enges gelbes Kleid über den sündigen Stoff. Das Kleid war viel zu kurz, bedeckte kaum ihren String. Schon allein der Gedanke, so nuttig gekleidet zu sein und sich ihm gleich so zu zeigen, war so billig, aber auch so geil.

Schon hörte sie Schritte. Joshua war also fast da. Sie trat aus ihrer Hütte.

Mit großen Augen blieb er stehen. »Du bist schön«, flüsterte er.

»Ja, das hast du mir schon gezeigt, als du mich gegen meinen Willen genommen hast.«

Bei diesen Worten schaute sie ihm zwischen die Beine. Wild zuckte sein Stab, also war er geil! So, wie sie es vermutet hatte.

»Ja«, war seine kurze Antwort.

»Ich möchte einiges umstellen. Kommst du?«

Sie ging in ihre Hütte. Joshua folgte ihr. Jetzt folgte der zweite Teil ihres Plans. Sie beugte sich nach vorn und streckte ihr linkes Bein in die Höhe. Er musste jetzt ihren String sehen.

»Du trägst meinen vollgeschmierten String?«, fragte er ungläubig.

»Tue ich das? Dann wird es wohl so sein!«, antwortete sie kühl und streckte ihr Bein noch weiter in die Höhe.

Der wenige Stoff spannte sich. Jetzt musste er auch ihren Arsch sehen können. Tausende von Ameisen liefen durch ihren Bauch. Zum ersten Mal in ihrem Leben fühlte sie sich wie eine Nutte.

Joshua packte sie von hinten an den Hüften. »Ich will dich ficken!«, sagte er stöhnend.

Genauso hatte sie es sich vorgestellt.

»Lass mich los, du Idiot!«, schrie sie.

»Komm schon, ich will dich haben.« Er drückte seinen harten Hobel gegen ihren Arsch.

Alles lief genauso ab, wie sie es wollte. »Lass uns verhandeln!«, bat sie.

Joshua ließ sie los und zog sich aus. »Egal, was du willst, ich werde dich ficken.«

Seine Dominanz war atemberaubend. Sie zog ihr Kleid aus und präsentierte ihm jetzt auch den vollgewichsten BH. Joshua wurde noch ralliger, was sie an seinem Blick spürte. Voller Gier starrte er sie an. Sein Hobel war auf ihren sexy Körper gerichtet.

»Hör zu! Bumsen einhundert Euro. SM zweihundert Euro. Wenn ich geil mitspielen soll, dann zweihundertfünfzig Euro«, spulte sie herunter, als würde sie diese Worte jeden Tag mehrfach in den Mund nehmen.

»Ich bezahle nichts für dich und jetzt werde ich dir zeigen, was ich mit Nutten mache, die rumzicken.« Er packte sie an den Haaren und schleuderte sie durch die Hütte. »Du wirst dich jetzt ganz langsam ausziehen und sexy vor mir tanzen. Und mach es gut, sonst wird es dir leidtun!« Er lachte hämisch.

Inzwischen war sie maßlos geil. Tauende von Schmetterlingen flatterten durch ihren Magen. Sie begann, sich sexy zu bewegen. Joshua setzte sich auf einen Stuhl und schaute ihr gierig zu. Als sie sich mit den Händen an die Titten fasste, war seine Reaktion nicht zu übersehen. Der Muskel zwischen seinen Beinen zuckte. Langsam ließ sie den Stoff ihres Kleides zu Boden fallen. Nun stand sie in der heißen Unterwäsche, auf die Joshua bestimmt mehr als einhundert Mal gewichst hatte, vor ihm und bewegte sexy ihren Körper. Wild ließ sie die Hüften kreisen und lächelte ihn geil an.

»Ja, so ist gut. Wenn du brav bist, dann prügle ich dich nicht durch.« Er lachte gemein.

Seine Drohung machte sie noch geiler. Nun öffnete sie den Verschluss ihres BHs, legte die Hände über die Schalen des BHs und rieb den Stoff über ihre Nippel. Dann ließ sie den Stoff zu Boden fallen und zeigte ihm ihre dicken vollen Titten. Wie er sie anschmachtete, war so derbe geil. Eine ihrer Hände verschwand in ihrem String. Provozierend drückte sie ihm ihren Leib entgegen und streichelte ihre Fotze. Kurz darauf fiel auch der String und sie zeigte sich ihm komplett nackt.

Voller Lust schaute er sie an und griff in seine Gesäßtasche, aus der er einen dicken geschnitzten Holzdildo hervorholte. »Hat zwar noch einige scharfe Kanten, aber dann musst du halt vorsichtig sein, wenn du dich damit bumst.«

Cassandra schluckte. Der aus einem einfachen Stamm geschnittene runde Holzdildo war groß. Unglaublich groß. Als sie den künstlichen Hobel in der Hand hatte, lief es ihr eiskalt den Rücken herunter. Sie bekam Angst. »Können wir nicht noch mal darüber reden? Ich mach es dir auch ganz normal«, versuchte sie zu verhandeln.

»Keine Chance, Babe. Ich will sehen, wie du dich damit fickst, und mach es ja schmutzig. Stell dir vor, du fickst dich mit dem Ding auf einer Bühne, vor der eine Horde geiler Böcke steht, die dich mit ihren Kameras und Handys filmen, wie du es dir machst. Und denk daran, ich kann dich auch mit meinem Riemen oder einigen Zweigen von draußen geil auspeitschen. Hast du darauf Lust?«, fragte er mit einem dominanten Blick.

Cassandra schluckte. Er machte keinen Spaß, das sah sie ihm an.

»Mach es dir richtig derbe. Ich will dabei noch geiler werden!«, befahl er.

Sie spielte mit dem harten Dildo aus Naturmaterialien und

schob sich das Teil in den Mund. Sexy lächelte sie ihn an. Die Demütigung, die er mit ihr veranstaltete, war wirklich heftig, aber auch ziemlich geil! Cassandra bekam das Teil gar nicht richtig in den Mund. Sich das Teil unten reinzuschieben, würde sicherlich wehtun, aber schon allein der Gedanke daran geilte sie auf.

Mit lüsternen Augen starrte er sie weiter an. Sein Speer gierte nach ihrem geilen Fleisch. Sie strengte sich an und schaffte es, ihre Lippen über den harten Prügel zu stülpen. Sexy verwöhnte sie das Ding mit ihrem Mund und er begann genüsslich, sich zu wichsen.

Mehrere Minuten demütigte sie sich so. Dann entließ sie das Teil langsam aus ihrem Mund und drückte es zwischen ihre Titten. Geil quetschte sie ihre Möpse zusammen und leckte mit der Zunge über die Spitze des Dildos.

»Und jetzt schieb es dir unten rein. Ich will alles sehen«, sagte er hämisch lachend.

Sie fuhr mit dem Teil über ihren Bauch und legte sich seitlich auf den Boden. Wie billig sie sich zeigte, war schamlos, aber sie musste es tun. Geprügelt werden wollte sie nicht. Der Druck, dem sie sich ausgesetzt sah, und die Angst, weiter von ihm gedemütigt zu werden, wirkten als Katalysator ihrer Lust. Nun erreichte das widerlich grob geschnittene Holz ihre Spalte. Die scharfen Kanten ließen sie erzittern.

»Ja, drück es dir tief rein«, rief er euphorisch.

Langsam schob sie mit dem Holz ihre Schamlippen auseinander und schob sich das Teil vorsichtig in die Fotze. Ein Bein winkelte sie an, sodass Joshua den perfekten Blick auf ihre Möse hatte.

»Mach mich geil!«, stöhnte er und wichste sich weiter.

Die ersten Zentimeter hatte sie bald geschafft, dennoch hatte sie Schmerzen. Das Teil war grob und groß. Weiter schob sie sich das Ding rein.

Seine Augen gierten nach ihrer Fotze, während ihr Loch weiter und weiter gefüllt wurde. »Ich will geile Fickbewegungen von dir sehen. Zeig mir deine läufige Fotze, du saugeiles Ding!«, keuchte er.

Wieder schluckte sie. Noch nie hatte sie eine solche Gier in den Augen eines Mannes gesehen. Cassandra bekam Angst. Jetzt durfte sie keinen Fehler machen. Wie er es wollte, machte sie mit ihrem Becken lüsterne Fickbewegungen. So schmutzig hatte sie sich noch nie gefühlt. Das Ding wurde in ihr immer größer, der Schmerz nahm weiter zu.

»Weiter reinschieben oder ich helfe nach. Spätestens, wenn ich deinen Arsch wundgeprügelt habe, wirst du es dir gern selbst besorgen«, drohte er weiter.

Seine Worte zeigten Wirkung. Sie schob sich das Ding, so tief sie konnte, in die Möse. Der Dehnungsschmerz wurde immer schlimmer und unangenehmer, aber sie konnte jetzt nicht aufhören. Minuten, die sich wie Stunden für sie anfühlten, befriedigte sie sich auf diese vulgäre und widerliche Art.

»Das machst du gut. Und jetzt kniest du dich hin, zeigst mir deinen Arsch und fickst deine Rosette. Ich will sehen, wie du dir das Teil mindestens so tief in dein Arschloch schiebst, wie du es jetzt in deine Fotze geschoben hast.«

»Das wird mir wehtun«, flüsterte sie ängstlich.

»Besser so, als wenn du meine Schläge spürst.«

Joshua war einfach nicht zu besänftigen. Sie hatte schon so manchen Typen geil gemacht und entsaftet. Immer hatte sie ungefähr gewusst, wie weit sie gehen konnte, aber bei Joshua war sie ratlos. Sie tat alles, was er wollte, und dennoch gierte er nach mehr. Es war zum Kotzen, aber er hatte sie in der Hand.

Als sie das Teil aus ihrer Fotze zog, atmete sie erleichtert auf. Doch lange würde sie nicht glücklich bleiben. Wie er es wollte, zog sie die Arschbacken auseinander und kniete sich vor ihn. Nun spielte sie mit dem Stück Holz an ihrem Arschloch.

»Rein damit. Ich will dich heulen sehen!«, brüllte er.

Wie pervers war Joshua bitte? So etwas Geiles und doch Perverses hatte sie noch nie erlebt. Stöhnend schob sie sich die dicke Stange in den Arsch. Es tat fürchterlich weh, doch es steigerte auch ihre Lust. Sie konnte es selbst nicht glauben, wie sie auf der einen Seite diese Demütigung und den Schmerz genoss und es doch so unglaublich wehtat. Weiter und weiter drang das Holzteil durch ihre eigene Hand in ihren Arsch ein. Sie fügte sich selbst Schmerzen zu, es war unglaublich. Vor einer Stunde war sie noch eine ganz normale Frau gewesen und jetzt eine billige Hure, die aus Angst vor ihrem Zuhälter alles machte, was in seinem perversen Kopf vorging. Langsam wurde es wirklich schmerzhaft für sie. Der Dehnungsschmerz war das eine, aber die Demütigung, dass er sie weinen sehen wollte, geilte sie einfach nur auf, auch wenn sie sich für ihr Verhalten schämte.

»Bald hast du es geschafft, ich will fünf Zentimeter mehr in deinem Arsch verschwinden sehen. Solange du nicht heulst, kann es auch nicht so schlimm sein!«, lebte er seine Dominanz weiter aus.

Es kotzte sie mittlerweile an, dass er immer mehr forderte, dennoch musste sie mitmachen. Trotz der Schmerzen schob sie den Dildo weiter hinten rein. Es war kaum noch zum Aushalten.

»Jetzt heulst du gleich! Geil.«

In dem Augenblick brachen bei ihr alle Dämme. Tränen der Schmach kullerten über ihre Wangen. Es war der Höhepunkt an Demütigungen, denen sie bisher ausgesetzt worden war, so dachte sie zumindest.

»Und jetzt will ich noch geile Fickbewegungen sehen. Schieb dir das Teil hinten hin und her und beweg dein Becken. Vielleicht spritz ich dich dann noch geil an.«

Mittlerweile hatte sie ihren inneren Widerstand aufgegeben. Sie tat, was er wollte, und fügte sich noch weitere Schmerzen zu. Die Angst, geschlagen zu werden, ließ ihre Hemmschwelle auf null sinken, und doch spürte sie in sich einen sexuellen Spannungsbogen, den sie so noch nie erlebt hatte.

Langsam gewöhnte sie sich an den Schmerz. Ihre Lust rückte jetzt wieder stärker in den Mittelpunkt.

»Jetzt lächle mich noch sexy an und komm, sonst bumse ich dich wund, das verspreche ich dir!«

Auf welch tiefes Niveau war sie gesunken? Mit sexy Augenaufschlag schaute sie ihn an und formte einen heißen Kussmund. Ihre Tränen waren noch nicht getrocknet und nun spielte sie die geile Sau, aber auch dieses Spiel erregte sie.

Es war nicht absehbar gewesen und auch total pervers, aber eine gewaltige Explosion der Befriedigung schüttelte ihren Körper. Heiße Feuerwinde durchzogen ihren Leib und führten zu einem Glücksmoment, der so intensiv und so stark war, dass sie diesen Augenblick nie wieder vergessen würde. Mit geschlossenen Augen gab sie sich der Lustbefriedigung hin.

Joshua stand auf und stellte sich vor ihr Gesicht. »Mach dein Maul auf und schluck. Für eine Gesichtsbesamung reicht es auch noch.«

Auch diese Perversität machte sie mit und bot ihm eine Plattform, seine Lust zu befriedigen.

Hart wichste er seinen Stab. »Jetzt bekommst du meine Sahne!«, rief er begeistert.

Schon traf sie die erste Fontäne im Mund. Mit der Zunge spielte sie mit der weißen milchigen Flüssigkeit. Der nächste Strahl traf auf ihr rechtes Auge.

Nach kurzer Zeit war ihr Gesicht mit einer riesigen Spermamaske bedeckt.

»Boah, war das geil. Du hast einen guten Job gemacht«,

lobte er sie.

»Wenn du nicht in dreißig Sekunden meine Hütte verlassen hast, dann vergesse ich mich«, sagte sie stöhnend.

»Bis bald, bist eine geile SM-Hure«, meinte er lachend.

***

Über zwei Stunden brauchte sie, bis sie ihr Äußeres wieder einigermaßen hergerichtet hatte. Auch wenn es eine schmerzhafte Erfahrung gewesen war, so gierte sie nach mehr. Viel mehr.

GEIL UND OHNE ERBARMEN

»Das Ergebnis ist einstimmig. Wir gratulieren Pablo zum neuen Vorsitzenden unseres Vereins *Gelbe Blume*«, tönte die Stimme des bisherigen Vorsitzenden Harald Kremer in die Runde.

Endlich war Pablo am Ziel seiner Träume. Drei Jahre hatte er sich nach oben gearbeitet und nun hatte er die Spitze des Vereins erklommen. So richtig fassen konnte er es noch nicht, die ganze Arbeit hatte sich gelohnt. Einige seiner Freunde fielen ihm um den Hals und gratulierten ihm. Viele setzten ihre Hoffnung in ihn, Pablo verfolgte aber ein ganz anderes Ziel, das ihn schon lange beschäftigte.

Doch jetzt musste er erst einmal zur Arbeit. Arbeit? Sein Job als Küchenhilfe war kein Job, es war eine Zumutung. Doch er musste von etwas leben, und so musste auch er arbeiten gehen. Vor zehn Jahren war er als Achtzehnjähriger nach Deutschland gekommen. Zusammen mit seinen Eltern hatte er erfolgreich eine Pizzeria betrieben, aber als in der Nähe die Filiale einer Billigkette aufgemacht und ihre Preise um bis zu dreißig Prozent unterboten hatte, konnten sie nicht mehr rentabel wirtschaften und mussten das Geschäft schließen. Es war bedauerlich, aber Pablo war ein Stehaufmännchen, und so arbeitete er bereits an einem Konzept für einen neuen eigenen Laden. Den Job als Küchenhilfe hatte er nur angenommen, um sich etwas Geld zu ersparen. So schlecht wurde er nicht bezahlt, auch wenn der Job körperlich sehr anstrengend war.

Auch an diesem Julitag fuhr er mit dem Fahrrad zur Arbeit. Ihm war jetzt schon warm, und das, bevor er überhaupt in der Küche stand, aber da musste er jetzt durch.

Nachdem er sein Fahrrad abgestellt hatte, betrat er das spanische Restaurant »Madrid« durch den Hintereingang. Es herrschte bereits intensives Treiben in der kleinen Küche, in der er mit sechs Leuten auf engstem Raum arbeitete. Die Stimmung war allgemein mies, was sollte man auch erwarten von einem Ehepaar, dem das Restaurant gehörte und für die das Personal nur ein Kostenfaktor war. Alles wurde von der Arbeitszeit abgezogen. Der Gang zur Toilette, die Raucherpause, selbst wenn man etwas trinken musste. Alles wurde von Raica und Narciso kontrolliert. Es verging kaum eine Stunde, in der nicht einer der beiden die Leute in der Küche kontrollierte.

Besonders Raica hatte bei ihren Mitarbeitern einen miserablen Ruf. Zwar sah sie mit ihren kurzen schwarzen Haaren, der hohen Stirn, den süßen dunklen Augen und einer atemberaubenden Figur toll aus, aber sie scheuchte und beschimpfte ihre Mitarbeiter mal ganz gern, wenn die Speisen nicht schnell genug fertig waren. Doch ihre Kleidung sorgte für Aufsehen. Sie liebte es, ihren Körper zu zeigen, und das sah und spürte man. Kurze Röcke, tief ausgeschnittene Blusen und BHs, die gern mal durch transparenten Stoff zu sehen waren.

Narciso schenkte ihr in Sachen Schönheit nichts. Mit seiner groß gewachsenen Statur, dem schlanken Körper und einem wirklich hübschen Gesicht passten die beiden optisch hervorragend zusammen. Im Bett schien das Paar auch hervorragend zu harmonieren. Sie hatten zwei Kinder, die vier und sechs Jahre alt waren. Was man Raica und Narciso zugutehalten musste, war die Tatsache, dass sie es beide verstanden, mit Gästen umzugehen. Sobald sie im Gastraum waren, strahlten sie um die Wette.

So war es auch in ihrem Kleingarten, den sie in der Anlage *Gelbe Blume* hatten. Sie hatten gleich zwei Gärten gepachtet und den Zaun dazwischen herausgenommen, damit es ihren Kindern an nichts mangelte. Der Garten war sehr gepflegt. Es gab eine große Spielhütte für die Kinder, im Sommer wurde ein Swimmingpool aufgebaut und auch ihre Hütte hatten sie neu gemacht. Sie wussten, dass Pablo einen Garten in der Anlage hatte, und er ging ihnen dort bewusst aus dem Weg. Doch wenn es Abend wurde, schlich er zu ihrem Schrebergarten und schaute gierig durch die Büsche. Raica liebte es, ihren Körper zu zeigen, was sie sich auch leisten konnte. Ihre vollen dicken Möpse, die wie zwei geile Honigmelonen nur notdürftig von dem eng anliegenden Bikinioberteil gehalten wurden, und ihr geiler Arsch, der trotz ihrer vierunddreißig Jahre rund und knackig wie bei einer Zwanzigjährigen war, machten alle Kerle in der Anlage wuschig. Sie liebte es, ihre Kiste in engen Pantyhöschen zu zeigen. Oft rollte sich der Stoff in ihre Arschritze und gab den Blick auf zwei volle Backen frei. Wenn sie sich dazu noch provozierend bückte, sodass nur noch ein schmales Band Stoff ihre Rosette bedeckte, dann kam Pablo sofort in Fahrt. Unzählige Abende kniete er hinter den Büschen und wichste den Pinsel. Was hatte er in Gedanken schon alles mit dem Miststück angestellt! Wenn sie in der Küche ihre Runden machte und er ihr von hinten auf den Arsch glotzte und eine gewaltige Latte bekam, malte er sich einmal mehr aus, wie geil es wäre, diese hochnäsige arrogante Frau mal so richtig derbe zu lüften.

Doch noch war es nicht so weit. Gerade hatte er sich umgezogen und ärgerte sich über die Massen an Geschirr, die er durch die Spülmaschine schicken musste, da stand Raica schon hinter ihm.

»Fast zu spät!« Sie schaute ihn böse an.

»Ja, ich hatte noch einen Termin!«

Leicht breitbeinig stand sie in einem schönen kurzen schwarzen Lederrock vor ihm. Ihre Beine steckten in einer schwarzen Strumpfhose. Obenrum trug sie eine Jeansbluse, an der die oberen Knöpfe geöffnet waren und ein tolles Dekolleté zauberten. Die Schalen eines schwarzen BHs lachten ihn keck an.

»Wie war es auf der Versammlung im Garten? Müssen wir was wissen? Du weißt ja, wir haben zwei Gärten!«

Es waren nicht nur die Worte, die ihn maßlos ärgerten, auch mit welcher Arroganz sie ihm gegenüber auftrat. Auf der anderen Seite geilte ihn der Gedanke jetzt schon auf, wie sie unter ihm leiden würde!

»Nein, alles ganz normal«, log er sie an.

»Der Vorsitz und der Vorstand wurden neu gewählt. Wir haben ja Kay unterstützt. Ist er es geworden?«

»Nein!«, war seine kurze und knappe Antwort.

»Schade, dann werden wir uns wohl arrangieren müssen. Und jetzt rasch wieder an die Arbeit!«, befahl sie.

Wenn er den Namen Kay nur hörte, spürte er die blanke Wut. Kay war der Obmann der Anlage. Er hatte eine Vorliebe für starke Frauen und ging gern jedem Streit aus dem Weg, was Raica ausnutzte. Sie wackelte nur einmal mit dem Arsch und bekam schon, was sie wollte. Raicas Doppelgarten und die Parzelle von Kay und seiner Frau lagen einander direkt gegenüber. Ständig arbeitete Kay bei ihnen im Garten, und auch wenn sich andere Pächter beschwerten, dass die Satzung nicht eingehalten wurde – Kay schützte Raica, wo es nur ging. Aber damit war jetzt Schluss.

Der Abend war wieder extrem anstrengend. Das Restaurant

war voll und durch die warmen Temperaturen schwitzten die Männer in der Küche extrem, dazu kam noch die hohe Arbeitsbelastung. Die Arbeit ging deutlich langsamer von der Hand.

Raica kam in die Küche und brüllte die Männer an, dass sie nicht fürs Faulenzen bezahlt würden. Pablo hatte an diesem Abend die Arschkarte, wie eigentlich an jedem Abend. Als Küchenhilfe wurde er da eingesetzt, wo es nötig war. Da er aber an drei Stellen gleichzeitig gebraucht wurde, konnte er den Anforderungen gar nicht gerecht werden. Er wirbelte in der Küche hin und her.

»Pablo, sieh mal zu, dass du schneller arbeitest. Die Gäste dürfen nicht warten«, schnauzte sie ihn an.

»Ich tue schon, was ich kann, aber schneller geht nun wirklich nicht!«, stöhnte er.

»Wenn du weiter von uns Geld haben willst, dann arbeitest du schneller. Zur Belohnung darfst du heute die Küche aufräumen! Allein. Und jetzt arbeite endlich, faules Schwein!«

Er war kurz davor, ihr vor die Füße zu spucken und zu kündigen, aber er hielt den Mund und nahm die Gehässigkeiten hin.

Der Abend wurde lang. Um zweiundzwanzig Uhr schloss die Küche und um zweiundzwanzig Uhr dreißig das Restaurant. Gegen dreiundzwanzig Uhr war er allein in der Küche und schrubbte den Boden, als er lautes Stöhnen aus dem Gastraum hörte. Neugierig schaute er nach und bekam glänzende Augen. Raica saß komplett nackt auf einem der Barhocker, während Narciso unbekleidet vor ihr stand und sie mit harten Stößen vögelte.

Sie hatte ihre Hände um seinen Knackarsch gelegt und küsste ihn leidenschaftlich. »Gefällt dir das, mein harter Stier?«, fragte sie stöhnend.

»Du bist so wahnsinnig schön und eng. Ich liebe dich!«, sagte er.

»Du machst mich so glücklich!«

Pablo schaute fasziniert zu, leider sah er nicht allzu viel. Seinen Arsch, auf den er gern verzichtet hätte, und ihre gespreizten Knie. Immer heftiger bumste Narciso sie, so heftig, dass der Barhocker wackelte. Mit einer Hand spielte er an ihren Titten.

Als er ihre Nippel langzog, stöhnte sie laut auf. »Ah, manchmal stehe ich so derbe auf Schmerzen. Noch mal, mein Schatz!«

Wieder zog er an ihrem Euter und ließ sie dann los.

Er wurde immer schneller, bald würde er so weit sein.

»Soll ich schlucken oder willst du in mir kommen?«, fragte sie.

Doch die Frage hatte sich schon erledigt. Mit einem lauten Schrei kam er in ihr.

»Ja, gib es deiner Frau!«, wimmerte sie, warf mit geschlossenen Augen den Kopf in den Nacken und atmete schwer.

Wie gebannt schaute Pablo zu. Auch ihn erregte das Schauspiel massiv. In seiner Hose hatte sich ein gewaltiger Ständer gebildet.

Kurz darauf ließ Narciso von seiner Frau ab. Total verschwitzt saß sie breitbeinig auf dem Barhocker, sein Samen quoll aus ihrer Möse. Was für ein geiler Anblick! Sie war völlig verschwitzt, ihr ganzer Körper glänzte in der fahlen Beleuchtung des Tresens.

Kurz darauf hielt sie ihre Unterwäsche in den Händen. »Soll ich mir noch was drunterziehen, Schatz?«, fragte sie grinsend.

»Warum, Babe?«, fragte er.

»Stimmt. Schätze, du wirst mich kurz vor dem Schlafen noch mal nehmen.«

Sie zog nur Bluse und Minirock an und dann schlossen sie den Laden ab.

Pablo stand noch einige Minuten wie angewurzelt da. Was

die zwei da miteinander veranstaltet hatten, hätte auch in einem heißen Porno gezeigt werden können. Mit einer riesigen Latte in der Hose ging er zu dem Barhocker und strich mit den Fingern über den Lederbezug. Er war nass. Er roch daran. Der Geruch von Sex zog in seine Nase. Mit glänzenden Augen schaute er auf den Fleck Mösenschleim. Er wollte sie probieren und leckte mit der Zunge über den Stoff. Was er schmeckte, gefiel ihm, sie war lecker. Die Gier nach Befriedigung in ihm war so stark wie noch nie. Erregt öffnete er seine Hose und befreite seinen harten Dolch. Beeindruckt von dem heißen Porno und seiner eigenen Gier nach Raica begann er sich zu wichsen. In seinem Kopf lief ein geiler Film ab, den er vielleicht mit ihr noch erleben würde, auch wenn sie sich das jetzt noch nicht vorstellen konnte.

Als er seine Ladung Saft auf dem Barhocker verteilte, grinste er fies. Doch seine Erleichterung hielt nur wenige Minuten, bevor sein Stab schon wieder anschwoll. Ihr sexy verschwitzter Körper, der so schön glänzte, und ihre besamte Perle waren Bilder, die er nicht mehr aus seinem Kopf herausbekam.

Mit einer harten Latte fuhr er in den Garten und schlief dort.

***

Gleich am nächsten Morgen ging er zum Garten von Raica und Narciso, um die Einhaltung der Vereinssatzung zu prüfen. Schon beim ersten Überfliegen der Satzung waren ihm viele Dinge aufgefallen, die im Garten des Paares nicht passten und geändert werden mussten. Schon allein der Gedanke an ihr dummes Gesicht, wenn er ihnen präsentieren würde, was sie alles abbauen und was sie aufbauen mussten, trieb ihm ein fieses Grinsen ins Gesicht.

Nachdem er sich Notizen gemacht hatte, setzte er sich zu Hause an seinen Laptop und tippte die Zeilen, die für Raica alles verändern sollten! Der Brief war lang, sehr lang!

Am späten Nachmittag war das vier Seiten lange Schriftstück fertig. Es würde für ihn ein Fest werden, wenn er dem Ehepaar mit den zwei Gesichtern die Rechnung für Monate der Demütigung überreichen würde! Doch erst einmal sollten sie die Nachricht verdauen, dass statt »ihrem« Kay nun er der Vorsitzende war. Er war gespannt, wann man ihn darauf ansprechen würde. Einen seiner neuen Vorstandskollegen hatte er gebeten, die Ergebnisse am Schwarzen Brett der Anlage zu veröffentlichen. Er hoffte sehr, dass das auch passiert war. Gerade jetzt im Sommer war das Ehepaar häufig im Garten und nutzte einiges an Gemüse, um es in der Küche des Restaurants verarbeiten zu lassen.

Mit einer gewissen Vorfreude machte er sich auf den Weg zur Arbeit. Er war gespannt, wann er angesprochen werden würde.

Pünktlich war er an seinem Arbeitsplatz und begann, das Geschirr durch die Maschine zu schieben.

Raica schien schon auf ihn gewartet zu haben. In einer knallengen Lederhose, einem weißen Top und einem blauen Blazer kam sie auf ihn zu. »Hallo Pablo«, begrüßte sie ihn mit einem falschen Lächeln. »Ich habe gehört, du bist jetzt der neue Vorsitzende. Ich gehe mal davon aus, dass wir alles so weiterlaufen lassen können, immerhin arbeitest du für uns!«

»Nein«, war seine kurze Antwort.

»Wie meinst du das?«, fragte sie.

»Es gibt Regeln für das Zusammenleben in der Anlage und ich werde mir bald alle Gärten anschauen, ob sie satzungsgemäß geführt werden. Ob es bei eurem Garten Probleme geben wird, weiß ich nicht, aber einfach alles so durchwinken, das geht doch nicht. Macht ihr hier doch auch nicht. So wie hier klare Regeln gelten, so auch in unserem Verein. Wenn man sich nicht daran hält, muss man sich Gedanken machen!« Er grinste.

»Kann ich dich mal unter vier Augen sprechen?«, fragte sie wütend.

»Selbstverständlich!«

Sie gingen nach draußen.

»Pablo, was soll die Scheiße? Natürlich gibt es in unseren zwei Gärten vieles, was nicht der Satzung entspricht. Du willst da jetzt doch kein Fass aufmachen?«, fragte sie leicht zögerlich.

Voller Gier schaute er auf ihr Dekolleté. »Ich habe nicht vergessen, wie du mich all die Wochen und Monate behandelt hast. Außerdem habe ich dich gestern gesehen, wie dein Mann dich geil gevögelt hat, während ich in der Küche schuften musste.«

»Und? Er ist mein Mann und bei uns muss man nun mal viel arbeiten!«, erklärte sie sich.

»Ich weiß, wie viel euch eure Kinder bedeuten und wie ihr deswegen das Recht in der Anlage gebrochen habt, aber du wirst für deine Kränkungen und Demütigungen bezahlen. Warte, bis ich meinen ersten Rundgang gemacht habe. Bevor ihr bis drei zählen könnt, seid ihr aus der Anlage geflogen, und ich verspreche euch, dass ihr hier in der Stadt keinen Kleingartenverein mehr findet, der euch aufnimmt!«

»Was willst du von mir?«, fragte sie mit bitterbösem Blick.

Jetzt hatte er sie so weit! Endlich konnte er Rache nehmen. Gierig leckte er sich über die Lippen.

»Ich habe verstanden!«, stöhnte sie.

Schon legte sie ihr Jackett ab und öffnete ihre Hose. Darunter trug sie ein hellblaues Höschen. Pablo wurde steinhart im Schritt. Nun drehte sie sich um und streckte ihm ihren geilen Knackarsch entgegen. Ihr Höschen war zu klein, es schnitt in ihr Fleisch und hatte sich tief in ihre Ritze eingerollt. Gierig leckte er sich erneut über die Lippen und trat hinter sie. Voller Lust griff er ihr zwischen die Beine. Die geile Alte war kein Stück feucht, was ihn noch mehr erregte. Mit seinem Rüssel stupste er gegen ihren Arsch und griff ihr unter das Top. Von seiner Lust getrieben, schob er ihr den BH hoch und bearbeitete ihre geilen Hupen.

»Wenigstens sind deine Nippel hart, wäre schön, wenn du etwas feucht wirst, sonst tut es gleich weh!«, stöhnte er ihr ins Ohr.

Noch nie war er so erregt gewesen! Ihr Fleisch fühlte sich noch viel geschmeidiger und weicher an, als er es sich vorgestellt hatte. Hemmungslos lebte er sich an ihr aus und knetete ihre Haut, wie er wollte. Sein Verlangen danach, der Lochschwager des hübschen Narciso zu werden, steigerte seine Lust weiter. Nun setzte er seinen Stab an ihre Möse und rammte ihr seinen Dolch tief in den Körper.

»Wenigstens das hast du geschafft!«, erniedrigte er sie weiter.

Total enthemmt bürstete er sie. Hart knallte er sie und es war ein Fest für ihn! Der Gedanke, dass sie es nicht wollte und machen musste, gab ihm weitere Extrakicks, die seine Erregung wie ein Katalysator weiter antrieben. Doch noch wollte er nicht kommen und hielt inne. Er zwirbelte ihre inzwischen harten Nippel zwischen den Fingern und sie stöhnte leise auf.

»Jetzt kommt das große Finale. Ich hoffe, du freust dich, aber es ist mir eigentlich egal!« Er lachte höhnisch und rammelte sie, so hart er konnte.

Es dauerte vielleicht noch dreißig Sekunden, bevor er sich mit einem so enormen Druck in ihr entlud, dass sie zusammenzuckte, als sein Eiweiß gegen ihre Innereien knallte. »Jetzt schmiere ich dich, du süßes Ding!«, stöhnte er.

Kurz darauf zog sie sich an. »Jetzt hattest du deinen Spaß und wir sind quitt!«

Er lachte hämisch: »Spinnst du? Wir sind noch lange nicht fertig!«

Sie fasste ihm zwischen die Beine und quetschte seinen Stab: »Ich habe die Beine breitgemacht und gut! Wenn du mich weiter erpresst, fliegst du hier hochkant raus! In zwei Minuten bist du wieder bei der Arbeit.«

Er antwortete nicht, sondern schaute ihr nur in die Augen. Das Feuer des Zorns glänzte in ihren Augen und verfehlte seine Wirkung nicht. Im Gegenteil, es stachelte ihn nur weiter auf.

Am Samstag darauf traf sich Pablo mit seinen Vorstandskollegen. Es waren ausschließlich Männer, insgesamt sechs Stück. Gemeinsam gingen sie jede Parzelle durch und notierten sich Mängel oder Verstöße gegen die Satzung. Insgesamt bestand die Anlage aus fünfundsiebzig Parzellen, sodass die kleine Gruppe ein gehöriges Tempo an den Tag legen musste, wenn man in einem Tag durch sein wollte.

Am späten Vormittag erreichten sie den Garten von Raica und Narciso. Diesmal trug sie einen weißen BH mit einem weißen Höschen. Sie schien gerade aus dem kleinen Pool zu kommen, den sie für ihre Kinder aufgebaut hatten. Ihre Haare waren nass und ihre Haut glänzte im Licht der Sonne. Narciso trug eine enge schwarze Badehose, in der man deutlich seinen offenbar ziemlich großen Schwanz sehen konnte.

Ausführlich inspizierte die Gruppe die beiden Gärten. Aus den Augenwinkeln heraus konnte er sehen, wie sie sich in den Schritt fasste und ihr Höschen langzog. In seiner Hose war kein Millimeter mehr Platz!

»Wir haben uns die zwei Gärten angesehen und haben eine lange Liste mit Mängeln erstellt. Dies ist euer Garten und den nebenan hat deine Mutter gepachtet. Ist das richtig, Raica?«, fragte Pablo.

»Ja, so war es mit dem Vorstand besprochen«, erklärte sie in einem harten Ton.

Er drehte sich grinsend zu seinen Kollegen um. »Hier sehen wir das Missmanagement des alten Vorstands. Hier entspricht nichts der Satzung, aber auch überhaupt nichts!«

»Das kann doch gar nicht sein. Nie hat jemand was gesagt!«, verteidigte sie sich.

»Das vermag ich nicht zu beurteilen. Kommen wir jetzt zu den Mängeln. Die zwei Gärten müssen durch einen durchgängigen Zaun getrennt werden. Das Spielhaus für eure Kinder muss mindestens einen Meter von der Grenze entfernt stehen und die Bäume müssen ebenfalls versetzt werden. Ich werde die Größe der Gärten neu vermessen lassen, weil ich denke, dass eure Pacht viel zu niedrig ist. Weiterhin werdet ihr bei der Gemeinschaftsarbeit andere Aufgaben bekommen. Ich bin der Meinung, dass Stunden eingereicht wurden, die nicht erbracht worden sind. Aus diesem Grund werdet ihr als Helfer für die Sanierung des Gemeinschaftshauses eingeplant. Auch die bebaute Fläche eures Gartens entspricht nicht den Vorgaben. Ihr habt zu groß gebaut. In den nächsten Tagen werden wir das noch genau prüfen und auch schriftlich zusammenstellen. Alles Weitere folgt. Schönen Tag noch!«

Er spürte ihren Schock. Mit weit aufstehendem Mund schaute sie ihn an. Es war ein Triumph des kleinen Mannes.

***

Am späten Nachmittag vereinbarte die Gruppe, dass man die Tour am nächsten Samstag fortsetzen würde. Das verschaffte ihm eine Woche Luft und er konnte in Ruhe abwarten, wir Raica reagieren würde.

Doch diese Reaktion sollte schneller erfolgen, als er gedacht hatte.

Nach getaner Arbeit saß er bei einem Bier vor seiner Hütte und freute sich auf die nächsten Tage. Da stapfte Raica wütend in seinen Garten. Wieder trug sie diesen sündigen Bikini, dessen Höschen sich wie eine zweite Haut auf ihren Liebeshügel gelegt hatte und viele Details ihrer Perle offenbarte.

»Bist du jetzt total bescheuert?«, zischte sie ihn an.

»Beruhig dich bitte. Ich mache nur meine Arbeit.«

»Wir hatten eine Vereinbarung!«, brüllte sie.

»Du hattest eine Vereinbarung, die ich nicht mitgetragen habe!«, sagte er lächelnd.

»Hast du auch nur den Hauch einer Ahnung, was das für eine Arbeit ist? Wir haben mühsam alles so aufgebaut, wie es ist, der Rückbau kostet wahnsinnig viel Zeit.«

»Und? Du hast mich monatelang drangsaliert. Stell dich nicht so an!«

Er betrachtete gierig ihren Körper. Aus der Nähe sahen ihre Hügel noch schöner aus. Auch ihr Bauch war im Tageslicht so herrlich flach!

Sie atmete schwer und zog ihn in die Hütte. »Wie willst du es?«, schnaufte sie und zog sich aus.

Zuerst fiel ihr BH und ihre Bälle purzelten förmlich aus dem Bikinioberteil. Als Nächstes zeigte sie ihm ihre blanke Perle.

Grinsend räumte er seinen Tisch frei.

»Ah, so willst du es. Mich noch mehr demütigen!« Wütend setzte sie sich auf den Tisch und legte sich auf den Rücken. Bereitwillig winkelte sie die Beine an und spreizte sie.

Mit Erregung im Blick schaute er ihr zwischen die Beine.

»Na los, lass es uns hinter uns bringen!«, seufzte sie.

»Nein, das geht mir zu schnell. Als dich dein Mann im Restaurant gefickt hat, habe ich den Barhocker abgeleckt. Mal schauen, wie du heute schmeckst.«

Er kniete sich vor sie und streichelte mit seinem Daumen über ihre Perle. »Komm, zeig mehr und spreiz die Beine weiter, du bist doch eine gefügige Schlampe!«

Mit einem abfälligen Grunzen tat sie, was er von ihr verlangte.

Rücksichtslos drang er mit dem Daumen in sie ein. Ihre Perle zuckte leicht. Intensiv bewegte er den Daumen und zog ihn dann heraus. Nun stand er auf und schaute ihr in die Augen, dabei nahm er den benetzten Daumen in den Mund. »Du schmeckst ziemlich geil, aber dafür haben wir später noch Zeit.«

Mit einem gierigen Blick stellte er sich zwischen ihre Beine und schlug mit seinem Stab gegen ihre Perle. Wieder zuckte ihre Spalte.

»Ich bin ganz schön geil auf dich«, meinte er grinsend.

»Steck ihn endlich rein.«

»Gern, wenn du mir in die Augen schaust, während ich dich nehme.«

Sie tat es. Ihr Blick war voller Hass, was ihn noch weiter aufgeilte. Mit Genuss rutschte er in ihre Spalte. Ihre Möse war eng und warm.

Tief schnaufte er. »Du bist so ein geiles Weibchen!«

Wie hemmungslos sie vor ihm lag und sich präsentierte oder besser präsentieren musste, war einfach nur derbe erregend. Mit harten Stößen fickte er sie und spielte an ihren Titten. Wie er es wollte, benutzte er sie, und es fühlte sich gut an.

Sein Handeln wurde immer hemmungsloser. Er rammte ihr seinen Speer so tief in den Körper, wie er konnte. Ob sie es gut fand oder nicht, war ihm völlig egal. Die eigene Rücksichtslosigkeit faszinierte ihn. Hart knetete er ihre Hügel. Bei jedem Stoß schaute er ihr triumphierend in die Augen und genoss seine Macht und Raicas Unterwerfung.

»Los, saug an meinem Finger und schau mich geil an!«

»Du Schwein!«, rief sie. Es war widerlich, aber hatte sie eine Wahl? Nein! Sie öffnete den Mund und tat das, was er wollte.

»Du bist so eine geile Sau!«, keuchte er und ergoss sich erneut in ihre Perle.

Nun beugte er sich nach unten und drückte ihr seine Lippen auf den Mund. »Das war geil! Du wirst heute noch viel Spaß haben!«

»Wie meinst du das?«, fragte sie wütend.

Er schaute zur Uhr. »Du hast eine halbe Stunde, um dich frisch zu machen. Wir warten im Gemeinschaftshaus auf dich. Wenn du etwas nett zu uns bist, können wir den Termin heute auch ganz vergessen!« Pablo erhob sich und schaute auf seine Sahne, die aus ihrer Perle lief. »Ich bin mit meiner Leistung zufrieden.«

»Was meinst du mit Vereinshaus?«, fragte sie, während sie aufstand und an sich herunterschaute.

»Der Vorstand hat auch seine Bedürfnisse! Du machst die Beine für uns breit und alles ist gut!«

»Du hast sie ja nicht mehr alle. Ich bin verheiratet und habe zwei Kinder.«

»Eben, deswegen sind ja so viele geil auf dich. Vielleicht machst du dich noch etwas schön!« Er lachte dreckig.

»Du bist wirklich ein Arschloch!« Raica war außer sich vor Wut. Wie konnte man auf so eine perverse Idee kommen? Sich mehreren Männern hinzugeben, die man kaum oder gar nicht kannte? Doch hatte sie eine Wahl? Wenn sie es nicht machte, würde ihre Familie die Rechnung bezahlen.

***

Ihrem Mann log sie vor, dass sie noch einmal mit dem Vorstand sprechen wolle, um die Wogen zu glätten, und machte sich mit einem mulmigen Gefühl auf den Weg. Auch wenn sie der Gedanke anekelte, so erregte es sie auch leicht. Schon einige Male hatte sie sich vorgestellt, mit mehreren Männern Sex zu haben.

Aufgeregt lauschte sie an der Tür. Laute Männerstimmen waren zu hören. Noch einmal atmete sie tief durch und öffnete die Tür. Mit lautem Gejohle wurde sie begrüßt. In der Mitte des Raumes waren mehrere Decken ausgebreitet. Es roch nach Bier und Schweiß. Die Männer waren teilweise schon nackt und sie sah ihre harten Schwänze.

»Da ist ja unsere geile Hauptdarstellerin!«, begrüßte sie Pablo. Auch wenn es so billig war, erregte es sie plötzlich sehr.

»Dein Platz ist in unserer Mitte.« Er lachte höhnisch und erntete Applaus von seinen Kollegen.

Sie begann sich auszuziehen. Sechs geile Augenpaare starrten sie an. Musik wurde gespielt und sie bewegte sich dabei im Takt der Musik. Der BH fiel und das Klatschen der Männer steigerte sich. Sie spielte an ihren Nippeln und die ersten geilen Böcke wichsten sich. Unter tosendem Beifall fiel ihr Bikinihöschen. Nun stand sie nackt vor dem Vorstand und kniete sich auf die Decken.

Bevor sie bis drei zählen konnte, spürte sie warme schwitzige Männerfinger, die gierig an ihrer Perle spielten. Doch darauf konnte sie sich nicht weiter konzentrieren, denn gleichzeitig wurden ihr zwei harte und nasse Männerschwänze gegen den Mund gedrückt. Gierig und schlampenartig öffnete sie den Mund und begann, die harten alten Schwänze zu lutschen. Weitere harte Rüssel verwöhnte sie mit den Händen. Raue Männerhände griffen nach ihrem attraktiven Körper und benutzten sie. Ihre Titten wurden gestreichelt und Finger krallten sich in ihren Arsch! Sie zuckte zusammen, als ihr einige Finger brutal unten reingeschoben wurden. Raica stöhnte und schnaufte jetzt schon. Mit einem leichten Stups wurde sie nach unten gedrückt. Jetzt kniete sie doggy auf dem Boden und erwartete die Schwänze ihrer Peiniger.

Hart bekam sie den ersten Stab von hinten reingeschoben. Gleich zwei Riemen bewegten sich in ihrem Mund. Weitere Hände griffen nach ihren Titten und malträtierten ihren sexy Körper. Der Schwanz, der sie von hinten nahm, wurde immer unruhiger! Lautes Stöhnen, Schnaufen und der Geruch von Sex, Schweiß und Bier stiegen ihr in die Nase. Sie wurde benutzt und gedemütigt, aber es erregte sie.

Mit einem tierischen Schrei wurde ihre Möse mit Samen ausgekleistert. Massen an warmer Flüssigkeit wurden in sie reingepumpt. Erleichtert spürte sie, wie der Schwanz aus ihr herausgezogen wurde.

»Boah, hast du die geil geschmiert. Der läuft ja alles hinten raus. Mach mal Platz, jetzt gebe ich meine Sahne noch dazu!«, hörte sie eine weitere Männerstimme.

Brutal wurde der nächste Riemen in ihre Perle gerammt. Der Schwanz war riesig. Raica hatte große Schwierigkeiten mit seiner Größe, der Riemen sprengte sie fast. Laut stöhnte sie.

»Schaut mal, wie geil sie abgeht. Na ja, bei unseren Schwänzen ja auch kein Wunder!«, grölte einer der anwesenden Kerle.

Ein weiterer harter Stab fickte ihren schmerzenden Mund. Rücksichtslos wurde ihr der Kolben reingerammt.

»Ja, fick ihr geiles Maul. Sie braucht es hart, hab ich schon immer gesagt.«

Mehrere Minuten wurde sie in den Mund und in ihre Perle gevögelt. Dabei wurde sie von gierigen Händen befummelt.

Plötzlich kam der Schwanz in ihrem Mund. Eine gewaltige Fontäne wurde in ihren Rachen gespritzt. Sie musste husten und verschluckte sich. Rücksichtslos wurde ihr weiter der Riemen in den Mund geschoben. Das Sperma des unhöflichen Kerls quoll aus ihrer Nase und aus den Mundwinkeln. Der Bolzen pumpte ihr immer mehr Saft in den Mund.

Endlich war er fertig, doch die erneute Erleichterung machte nur Sekunden später der nächsten Ernüchterung Platz. Der nächste harte Schwanz wurde ihr in den Mund geschoben. Wieder war es ein gewaltiger Pinsel, der sich an ihrem Körper befriedigte. Wieder zuckte ihr Körper zusammen, als sich der nächste Mann in ihrer Perle ergoss.

Sie war inzwischen schon wund unten, aber es gab kein Erbarmen. Der dritte Schwanz bahnte sich seinen Weg und penetrierte sie. Grobe Hände griffen nach ihren Hüften und sie wurde geknallt wie eine Nähmaschine. Der Typ kannte keine Gnade. Als würde sie mit einem tiefer gelegten Sportwagen über eine holprige Straße mit zweihundert Sachen fahren und jede Unebenheit spüren, fickte er ihren schlanken und sexy Körper. Als könnte es nicht noch schlimmer kommen, legte sich einer der Männer unter ihren Bauch und begann, an ihren harten Nippeln zu knabbern. Wild und leidenschaftlich setzte er seine Zähne ein und biss in ihre Titten. Die leichten Schmerzimpulse geilten sie auf. Weitere Hände griffen in ihre Haare und drückten ihren Kopf zwischen die Beine eines ihres Stechers. Bis zum Anschlag musste sie seinen Stab in den Mund nehmen. Jetzt wurde sie auch noch für einen harten Kehlenfick benutzt.

Der dritte Schwanz kam in ihr. Massen an Sperma liefen über ihre Beine und tropften zu Boden. Es war eine richtige Orgie. Jeder Zentimeter ihres Körpers wurde gestreichelt, berührt oder benutzt.

In den nächsten Minuten kamen weitere Schwänze in ihr. So viel Saft hatte sie das letzte Mal geschluckt, als sie neunzehn Jahre alt und schon einmal der Star einer Männergruppe gewesen war.

»So, Leute. Jetzt ist jeder mal in ihr gekommen. Habt ihr geil gemacht«, lobte der Vorsitzende seine Kollegen.

Die Männer ließen von ihr ab und sie konnte endlich mal durchatmen, aber es war noch nicht zu Ende. Pablo stellte sich hinter sie und sie spürte harte Schläge auf ihrem Arsch. Kurz darauf wurde ihr ein einzelner Schwanz von hinten in die Möse geschoben. Hart wurde sie von seinem gewaltigen Riemen genommen.

»Gleich hast du es geschafft, jetzt werde ich noch mal geil in dir kommen und dann kannst du gehen!«, rief er unter dem

Applaus seiner Kollegen.

»Komm, zeig deinem Vorsitzenden noch einmal, wie geil du bist«, demütigte er sie weiter.

Sie tat es und hob ihr Becken. Sexy wackelte sie mit dem Arsch und stöhnte leidenschaftlich.

»Jetzt schmiere ich dich noch!«, rief er.

Als sie seinen Samen spürte, entlud sich auch in ihr die Erregung. Mit einem schweinischen Grunzen explodierte sie und die Anspannung und Lust des Tags entlud sich in einem gigantischen Höhepunkt, der ihr die letzten Sinne raubte. Erschöpft sackte sie zusammen.

Nach einigen Minuten hatte sie sich wieder gefangen. Bald stand sie in der Mitte der Gruppe und stieß mit ihren Stechern an.

RÖMISCHE LUSTORGIE

Björn schloss gerade die Haustür auf, als er die Stimmen seiner Mutter Elvira und ihrer besten Freundin Annemarie hörte. Er schnaufte leise. Annemarie war Ende zwanzig und eine wirklich heiße Frau. Sie trieb viel Sport, was man ihr auch ansah. Schlank, sportlich und durchtrainiert waren nur drei Attribute, die auf sie zutrafen. Sobald sie aber den Mund aufmachte, war es mit der Herrlichkeit vorbei. An allem und jedem hatte sie etwas auszusetzen. Niemand konnte es ihr recht machen und sie hatte die seltsame Gabe, immer den wunden Punkt im Leben ihres Gesprächspartners zu finden. Annemarie hatte reich geheiratet, ihr Mann war mehr als zwanzig Jahre älter als sie. Björn hatte sich schon oft gefragt, wie diese Ehe funktionierte. Er war Manager einer weltweit aufgestellten Baufirma und daher ständig auf Reisen.

»Schatz, bist du das?«, hörte er die Stimme seiner Mutter.

»Ja«, antwortete er und ging ins Wohnzimmer.

»Was meinst du, ist der String nicht etwas zu eng? Er kneift an meinem süßen Po.«

Björn bekam den Mund nicht mehr zu und starrte Annemarie mit großen Augen an.

»Oh, hallo Björn. Ich ziehe mir lieber was über, du hast doch noch keine Freundin, oder?«

Da war es wieder. Ein Grund, warum sie so wenige Freunde hatte. Mit einer fast hundertprozentigen Trefferquote schaffte sie es mit einer Frage, die Stimmung auf den Nullpunkt zu ziehen.

»Nein, habe ich nicht. Du musst dir aber keine Gedanken machen, bei dir werde ich eh nicht geil!«

»Björn!«, rief seine Mutter aufgebracht. Elvira stand auf und schaute ihren Sohn böse an, dabei zeigte sie ihrer Freundin zwangsläufig den Rücken. »Das war eine ganz normale Frage von Annemarie.«

Doch die grinste ihn überheblich an. Wie sie den Mundwinkel verzog, war schon Hohn genug. Björn ballte die Faust, doch damit war die Provokation noch nicht zu Ende. Mit einem süffisanten Lächeln zeigte sie ihm den Mittelfinger, was seine Mutter ja nicht sehen konnte.

»Entschuldige dich bitte bei ihr.«

»Mama!«

»Keine Widerrede.«

Mit einem genervten Augenrollen ging er auf Annemarie zu. »Es tut mir leid.«

»Ist doch nicht so schlimm. Ich weiß ja, wie Männer reagieren, wenn sie nicht regelmäßig geleert werden, und nehme deine Entschuldigung gern an.«

Ihre Worte waren falsch und geheuchelt, das sah er an ihrem Blick und am Tonfall ihrer Stimme. Auch den Seitenhieb mit den vollen Eiern merkte er sich. »Ich gehe in mein Zimmer«, knurrte er.

Auf der Treppe hörte er seine Mutter: »Musste das jetzt sein? Björn spritzt ständig, seine Unterhosen sind täglich voller Saft.«

»Dann soll er sich eben eine Frau suchen. An der Uni laufen doch genug hübsche Mädels rum, die einen Stecher suchen.«

»Schatz, du redest wieder so billig, da werde ja sogar ich geil!«

Die Frauen lachten dreckig und Björn verzog sich in sein Zimmer. Die Schmähungen und Kränkungen trafen ihn sehr. Ja, er ging auf die Uni und sah mit seinen dreiundzwanzig Jahren auch nicht schlecht aus. Nur mit den Frauen klappte es nicht so gut. Er war beliebt und sah gut aus, aber es funkte einfach nicht.

Obwohl er Annemarie nur kurz gesehen hatte, erregte ihr heißer Körper ihn sehr. Björn hatte eine gewaltige Latte. Einen Augenblick später hörte er die Haustür und eilte zum Fenster. Annemarie trug ein mintgrünes Kleid. Von seinem Fenster aus sah er ihren geilen spitzen Arsch, der herrlich wackelte. Dass sie einen String drunter hatte, wusste er ja. Als sie in ihren Sportwagen einstieg, schaute sie zu ihm nach oben und zeigte ihm grinsend erneut den Mittelfinger. Diesmal ließ er die Provokation nicht unbeantwortet und zeigte ihr seinen dicken Schwanz. Doch er kam nicht gegen Annemarie an, die ihm noch die Zunge ausstreckte und einstieg. Mit aufheulendem Motor fuhr sie davon.

Selbst als er schon im Bett lag, ging ihm diese überhebliche Schlampe nicht aus dem Kopf. Sie war so verdorben und so billig, dass sie ihn schon wieder maßlos erregte. Wie sie wohl im Bett abging? Bei dem verdorbenen Verhalten war sie sich bestimmt für nichts zu schade. Sein Rohr schwoll bei den sündigen Gedanken hart an. Er wichste sich und nur wenige Sekunden später klatschte der Saft des Lebens auf seinen Bauch.

***

Am nächsten Morgen offenbarte ihm seine Mutter, dass sie am Samstag zu Annemarie eingeladen waren. Sie feierte mit ihrem Mann den achten Hochzeitstag. Es würde etwas zu essen geben und eine Band war engagiert, sodass man tanzen konnte. Björn wollte nicht hingehen, aber seine Mutter bat ihn und so machte er gute Miene zum bösen Spiel.

***

Der Samstag kam schnell und so machte er sich mit seinen Eltern auf den Weg. Annemarie lebte in einem großen Haus. Vor dem Haus stand eine Reihe von hochpreisigen Fahrzeugen.

Die drei stürzten sich ins Getümmel. Björn war begeistert – viele junge Frauen hatten sich in schicke Abendkleider geworfen und zeigten, was sie hatten. Es wurde getanzt, gegessen und gelacht. Je später der Abend, umso zügelloser wurden die Frauen.

»Björn, könntest du bitte aufhören, meine Gäste wie Vieh zu betrachten, das du als Beute ausgesucht hast?«

Die Stimme klang wie ein schneidendes Messer. Es war Annemarie. Er drehte sich um. Ihr Körper steckte in einem hautengen gelben Kleid, das sehr tief ausgeschnitten war und ihr knapp bis zur Hälfte der Oberschenkel ging.

»Witzig!«, konterte er einsilbig.

»Ich weiß, du bist geil, aber meine Gäste sind für dich tabu.«

Gierig schaute er sie an. Sie war zwar unausstehlich, aber heiß.

»Bevor du hier schon kommst.« Mit diesen Worten zog sie ihn in die Küche. Vor seinen Augen zog sie ihren String in unschuldigem Weiß aus und reichte ihm grinsend den Stoff.

»Was soll ich damit?«, fragte er.

»Damit du keinen Samenstau bekommst. Reinwichsen wirst du ja hoffentlich können.«

»Wie bitte?«, stotterte er.

»Ist ja gut!« Sie riss ihm den Stoff aus der Hand und steckte ihn unter ihr Kleid. Leicht spreizte sie die Beine und streichelte ihre Perle. »So, jetzt hast du noch etwas Schleim von mir. Wenn du fertig bist, hätte ich es gern gewaschen zurück. Bitte nicht kaputtmachen. Danke.« Sie ließ ihn allein.

Er schaute sich in der Küche um. Über einem der Stühle, die um einen großen weißen Tisch standen, hing eine goldene Handtasche. Björn war neugierig und fragte sich, wem die Tasche gehörte. Vielleicht Annemarie? Dann würde er vielleicht was finden, womit er ihr das vorlaute Mundwerk stopfen konnte. Björn nahm die Tasche und schaute hinein. Er fand Lippenstift, Kaugummi und Streichhölzer darin. »Oase der Lust« stand darauf, in roten Buchstaben und in einem Herzen. Es musste sich um ein Lokal oder so handeln, aber was hatte es in ihrer Handtasche zu suchen?

***

Noch am selben Abend suchte er im Netz nach dem Ort. Es handelte sich um ein Bordell, das mit heißen Shows im Netz warb. Noch konnte er sich nicht erklären, was es damit auf sich hatte. Auf der Netzseite des Bordells wurde eine große römische Orgie für den folgenden Samstag angepriesen. Der Eintritt war allerdings happig. Zweihundert Euro kostete es für Singlemänner. Das war viel Geld, aber vielleicht fände er dort eine Möglichkeit, der überheblichen Annemarie endlich mal den Mund zu stopfen.

***

Am Samstag fand er sich vor dem Bordell ein. Er klopfte und die Tür öffnete sich. Eine barbusige Dame, die ihr Gesicht mit einer Karnevalsmaske bedeckt hatte, bat ihn herein. Er hatte sich zuvor für das Event anmelden und das Eintrittsgeld überweisen müssen, dann war ihm das Schlüsselwort aufs Handy geschickt worden.

Am Empfang gab er seine Sachen ab. Man konnte wählen, ob man sich eine fast transparente Tunika anzog oder einfach nackt blieb. Er entschied sich für Letzteres. Ein großer Raum war in sündigem Rot geschmückt. Farben wie Gelb, Orange und Violett ließen alles viel wärmer aussehen.

Es waren viele Paare und Frauen da, mehrere hübsche junge Nutten umgarnten die Gäste. In einer Ecke ließ sich eine vollbusige Blondine von einer jungen Hure lecken. In einer anderen Ecke nahm ein schwarzer Stier eine blutjunge Frau. Ihr Mann stachelte den dunklen Boy an, seine Frau hart zu bumsen. Am Tresen saß eine junge Frau mit weit gespreizten Beinen und ließ sich von einem älteren Herrn mit weißem Haar lecken. Björn war begeistert.

Gegen zweiundzwanzig Uhr wurden die Scheinwerfer auf eine kleine Bühne gerichtet. Ein gut aussehender älterer Mann stieg auf die Bühne und sprach in ein Mikrofon. »Herzlich willkommen zu unserer kleinen römischen Orgie. Gleich wird unsere heiße Lucy mit einem von Ihnen auf der Bühne Sex haben. Vor der Bühne warten unsere heißen Girls, die gern all Ihre Wünsche erfüllen. Zögern Sie nicht, wir möchten Ihnen einen spritzen Abend bereiten.« Gelächter erfüllte den Raum. »Doch bevor wir starten, möchte ich Ihnen alle unsere Mädchen vorstellen.«

Ein junges Mädchen betrat die Bühne und kniete sich vor den Moderator. Geil begann sie, seinen Schwanz zu lutschen. Viele der reifen Frauen schauten lüstern auf das Mädchen. Die Menge jubelte. Das Bordell war voll. Björn schätzte die Besucherzahl auf fünfzig bis sechzig Gäste.

»Damit ich es auch schön habe, lasse ich mich von unseren Wildkatzen ebenfalls verwöhnen«, erklärte der Moderator.

»Begrüßen Sie bitte Chantal.«

Eine groß gewachsene junge Blondine mit langen Haaren,

die nur mit einem winzigen String und hochhackigen Schuhen bekleidet war, betrat die Bühne und wurde mit lautem Gejohle empfangen.

»Sie ist Expertin im Bereich Lesbensex und mag es auch gern mal, in den Arsch gebumst zu werden. Komm, zeig dem Publikum dein Arschloch!«

Breitbeinig stellte sich Chantal hin, beugte sich nach vorn, zog ihre Backen auseinander und zeigte ihre Rosette. Die ersten reifen Ladys begannen, an den Schwänzen ihrer Männer zu spielen.

»Scheint heute ein intensiver Abend für dich zu werden«, meinte der Moderator grinsend.

Die Fleischbeschau hinterließ auch bei Björn seine Spuren – sein Schwanz richtete sich auf.

Etwa zwanzig Mädchen wurden so gezeigt. Von der jungen Achtzehnjährigen bis hin zur Transe war alles vertreten. Die Show dauerte etwa eine halbe Stunde.

»Jetzt habe ich Sie aber genug auf die Folter gespannt. Wo gerade dieses Wort fällt – denken Sie auch an unseren SM-Bereich. Wir haben da diverses Spielzeug zu bieten und unsere Girls freuen sich, wenn sie etwas härter rangenommen werden. Jetzt aber zu dem angekündigten Live-Sex-Event. Begrüßen Sie zusammen mit mir die sexy Lucy!«

Beifall brandete auf. Eine hübsche attraktive junge Frau mit schulterlangen brünetten Haaren und schmalen Lippen betrat die Bühne. Sie war splitternackt und stellte sich breitbeinig neben den Moderator. Das junge Ding zu seinen Füßen lutschte immer noch seinen harten Schwanz.

»Schauen Sie sich unsere heiße Lucy gern an. Ich muss kurz spritzen.« Brutal packte er den Kopf des jungen Mädchens und zog ihn zwischen seine Beine. Mit lautem Stöhnen kam er und besamte ihr geiles Maul.

Nach wenigen Augenblicken griff er wieder zum Mikrofon.

»Sorry, aber wie Sie sehen, schlucken unsere Girls alles weg.«

Wieder jubelte das Publikum. Kaum ein Schwanz war in diesem Augenblick nicht steinhart.

»Wer von Ihnen möchte die geile Lucy hier auf der Bühne bumsen? Wir versteigern sie an den Höchstbietenden. Vergessen Sie bitte nicht, es ist alles erlaubt! Komm, zeig unseren Gästen deine Möse und deinen unverschämt spitzen Knackarsch!«

Björn war fasziniert von dem Treiben. Auch er hatte sich schon heiße Streifen angesehen und auch mal bei einer privaten Orgie mitgemacht, aber diese Show war für ihn einmalig billig und doch so erregend.

Die Gebote schossen nur so in die Höhe. Bei der Summe von zweitausend Euro bekam ein älterer Mann mit einem Bierbauch den Zuschlag. Unter dem Jubel der Zuschauer betrat er die Bühne. Lucy spielte ihm gleich gierig am Schwanz.

»Wie heißt du?«, fragte der Moderator.

»Erwin.«

»Was gefällt dir an unserer Lucy?«

»Sie ist so verdorben.«

»Da hast du recht! Wie willst du sie haben?«

»Mit meiner Frau zusammen. Schatz, komm auf die Bühne.«

Die Menge jubelte. Eine reife Frau mit dicken Melonenmöpsen kam auf die Bühne. Unter dem Beifall des Publikums begann ein knallharter Dreier. Lucy legte sich rücklings auf einen Tisch und spreizte weit die Beine. Der ältere Mann stellte sich unter dem rhythmischen Klatschen des Publikums zwischen die Beine der Hure und begann, sie mit harten Stößen zu ficken. Seine Frau stellte sich breitbeinig an Lucys Kopf und die begann, mit der Zunge die Frau ihres Freiers zu verwöhnen.

Die Huren machten sich auf den Weg zu den Gästen.

Eine bildhübsche Rothaarige kam auf Björn zu, fasste ihm

hemmungslos zwischen die Beine und begann, seinen Riemen zu kraulen. »Gefällt dir das, mein Süßer?«, fragte sie mit einem sündigen Blick.

Er stöhnte lustvoll. Ob sie die Worte einstudiert hatte oder nicht, war ihm egal. Björn war geil und sie war willig. »Na los, schleck meinen Stab«, befahl er.

Sie machte es, nahm seinen Hobel tief in den Mund und verwöhnte seinen Rüssel mit der Zunge.

Die Orgie begann. Chantal wurde von drei Kerlen gleichzeitig genommen. Die Ehefrauen sahen dabei zu und feuerten ihre Männer an, sie noch härter zu bumsen. Eine reife Frau ließ sich von einer Brünetten doggy mit einem Strap-on ficken. Männer und Frauen fielen übereinander her. Es gab keine Hemmungen, während auf der Bühne das Treiben seinen Höhepunkt fand. Ein Mann mit Kamera filmte den harten Dreier, die Bilder wurden auf eine große Leinwand übertragen. Die anderen Gäste waren live dabei, wie Lucy besamt wurde. Der Kerl schrie laut auf und pumpte der heißen Schnitte den Rotz in die Möse. Nun wurde ihr Gesicht gezeigt. Die Frau des Freiers spreizte ihre Schenkel und man sah in Großaufnahme, wie Lucy die reife Lady mit der Zunge verwöhnte. Dabei schluckte Lucy gierig die Tropfen der Lust, die aus der Perle der Frau in Lucys Mund tropften. Für den Hauch einer Sekunde verrutschte die Maske auf Lucys Gesicht. Björn riss den Mund auf. Lucy war Annemarie! Ihm stockte der Atem.

Doch darum wollte er sich später Gedanken machen. Die geile Hure lutschte immer noch seinen Schwanz. Wenn er schon so viel Geld bezahlte, dann wollte er es auch auskosten. »Leg dich auf den Rücken, ich will zwischen deinen dicken Möpsen kommen!«

Bereitwillig tat sie auch das und drückte grinsend ihre Titten zusammen. Zwei fleischige Bälle warteten darauf, seine Rübe zu verwöhnen.

Mit geilem Blick spuckte er ihr zwischen die Möpse und versenkte sein Rohr zwischen ihren Hügeln.

»Ich würde sie gern jetzt benutzen. Was dagegen?«, hörte er eine Männerstimme.

»Natürlich nicht. Nimm sie dir.«

Der Kerl kniete sich zwischen die Beine der jungen Frau und begann, sie hart zu rammeln. Noch nie hatte er eine Frau gefickt, in der ein zweiter Typ steckte. Ja, es hatte seinen Reiz.

Aus dem Nichts tauchte ein dritter Schwanz auf, der ihr in den Mund geschoben wurde. Drei Männer und eine Frau. Björn wurde immer erregter. Sein Körper bebte und wurde kräftig durchgeschüttelt. Mit einem zufriedenen Stöhnen kam er und schoss seinen Samen gegen ihr Kinn.

Zufrieden erhob er sich und schaute sich um. Es war ein wildes Treiben – Männer nahmen Frauen, Frauen ließen sich besteigen. Es war besser als im alten Rom.

Björn hatte genug und machte sich auf den Heimweg. Die Tatsache, dass Annemarie als Hure arbeitete, erregte ihn maßlos. Endlich hatte er eine Möglichkeit gefunden, ihr die fiesen Gehässigkeiten heimzuzahlen.

***

Am nächsten Morgen schlief er lang. Während er dann die Treppen hinabstieg, hörte er Annemaries Stimme. Er war erstaunt, dass sie schon so früh fit war. Als er ins Esszimmer kam, saßen seine Eltern und die beste Freundin seiner Mutter am Tisch und frühstückten.

Sie sah wieder toll aus. Ein tief ausgeschnittenes grünes Top und eine schwarze Stretchhose bedeckten ihren Körper.

»Guten Morgen, so ein Leben wie du hätte ich auch gern«, begrüßte ihn Annemarie.

Wieder provozierte sie ihn. Sie machte ihn rasend vor Wut.

Wie konnte eine Frau nur so fies sein? »Ja, ich hatte eine lange Nacht«, antwortete er vielsagend.

»Ja, früher um die Zeit bin ich mit meinem Freund erst nach Hause gekommen. Schlafen konnte ich aber noch nicht. Er wollte noch seinen Spaß haben und als seine Freundin war es meine Aufgabe … Na, ihr wisst schon.«

Es war klar, dass sie ihn mit ihren Worten provozieren wollte. Trotzdem versuchte er, freundlich zu bleiben. »Ja, das ist der Vorteil, wenn man Single ist.«

»Aber einer der wenigen Vorteile. Ich habe die Zeit immer gehasst, wenn ich mal allein war.«

Wortlos stand Björn auf und ging auf sein Zimmer. Er war so sauer wie selten zuvor. Er nahm immer Rücksicht und hatte immer Verständnis, aber jetzt reichte es ihm.

Ein paar Minuten später ging er wieder ins Erdgeschoss und traf Annemarie allein in der Küche an. Ihr geiler Arsch sah in der hautengen Stretchhose so geil aus. »Ich bin erstaunt, dass du schon so fit bist, Annemarie.«

Annemarie wurde kreidebleich im Gesicht. »Ich weiß nicht, was du meinst?«

»Nein? Wenn ich dir auf die Sprünge helfen darf. Römische Orgie, flotter Dreier oder zweitausend Euro.«

Er sah Panik in ihren Augen. »Bitte, das darf niemand erfahren!«

Björn genoss den Anblick. Zum ersten Mal im Leben hatte sie nicht diese Überheblichkeit im Blick. »Tja, das liegt ganz allein bei dir.«

»Wenn du mich bumsen willst, dann können wir darüber reden.«

»Du wirst für deine Gehässigkeiten bezahlen. Zu oft hast du mich gedemütigt.«

»Du perverses Schwein!«, zischte sie.

»Na, na, meine Liebe, plötzlich so dünnhäutig?« In seinem Kopf arbeitete es bereits, ein geiler Plan entwickelte sich. Klar könnte er sie einfach besteigen, aber sie hatte ihn so gedemütigt, dass sie dafür leiden sollte. Es war zwar nicht in Ordnung, aber er würde ihr ihre Überheblichkeit schon austreiben. »Wir fahren nächstes Wochenende weg und machen es uns gemütlich«, hauchte er ihr zu.

»Wenn ich könnte …«

»Kannst du aber nicht. Und jetzt geh nach Hause, keine weiteren Diskussionen. Du holst mich um zehn Uhr ab und ziehst dir was Heißes an, den Rest organisiere ich.«

Wütend und schnaufend verließ sie das Haus und er schaute ihr grinsend hinterher.

**

Am Freitag war es so weit. In einem sündigen roten Minikleid stand sie vor seiner Tür.

Mit einer Reisetasche kam er aus dem Haus und lächelte sie an.

»Zufrieden?«, fragte sie genervt. Das Kleid war hauteng, die Konturen ihres BHs waren zu sehen.

»Beim nächsten Mal ohne BH, du kannst doch deine Titten zeigen. Habe ich ja selbst gesehen. An der nächsten Ecke ziehst du den BH aus. Wenn du ein Höschen trägst, dann ziehst du das auch aus.«

»Wenn es sein muss.«

Sie tat, was er wollte. Wütend warf sie ihm ihre Unterwäsche auf den Schoß und setzte sich wieder hinters Steuer.

»Ach ja, zieh das Kleid hoch, ich will deine Perle sehen.«

»Bist du verrückt? Wenn neben uns ein Lkw fährt, dann kann er mir auf die Möse schauen.«

»Eben, genau deswegen sollst du dich ja zeigen, und jetzt will ich keine weiteren Beleidigungen hören.«

Sie fuhren durch die Stadt. Einige Fahrer hupten wild, wenn sie aus ihrem Führerhaus zwischen Annemaries Beine schauten. Nervös rutschte sie auf ihrem Sitz hin und her.

Bald hatten sie die Stadt hinter sich gelassen.

»Wir fahren nach Berlin. Dort habe ich uns ein Zimmer reserviert.«

Wortlos fuhren sie weiter. Björn starrte auf ihre rasierte Scham. Sein Prügel war steinhart, aber er musste sich zusammenreißen.

Bald erreichten sie das Hotel. Als sie die Treppe in den ersten Stock hinaufliefen und er ihren geilen Arsch sah, wurde er noch erregter, aber er musste sich zusammenreißen. Grinsend öffnete er die Zimmertür.

Annemarie ging in den Raum und blieb mit offenem Mund stehen. »Was ist das hier?«, fragte sie noch wütender.

»Na ja, du hast ja kein Problem mit geilen Filmchen? Ich steh auf Pornos.«

»Das ist jetzt nicht dein Ernst. Ich soll hier gebumst werden und du zeichnest das alles auf? Das ist krank!«

»Annemarie ... oder sollte ich lieber Lucy sagen?« Er schaute auf die Uhr. Schon klopfte es an der Tür. »Das ist unser Gast!«

»Was?«, stöhnte sie.

»Ah, da bist du ja.« Er bat eine schwarzhaarige hübsche Frau in einem kurzen schwarzen Kleid mit Nylons herein.

»Du siehst toll aus«, meinte Björn strahlend.

»Danke.«

»Annemarie, sind das nicht geile Möpse?«

»Was?«, stotterte sie.

»Mach dich lieber mit Marina bekannt. Du wirst viel Spaß mit ihr haben.«

»Ich soll mit einer Frau bumsen?«

»Nicht ganz!«

»Wie meinst du das?«, fragte sie und schaute ihn mit großen Augen an.

»Marina, bitte.«

Die Angesprochene zog sich aus. Unten drunter trug sie einen schwarzen Body.

»Warum ist sie im Schritt so ausgebeult?«, fragte Annemarie.

»Weil er eine Transe ist. Zeig ihr dein Teil.«

»Du bist so ein Arschloch! Ich soll mit einer Transe ficken? Das ist pervers.«

»Wenn dein Mann die Wahrheit nicht erfahren soll, dann ist es so.«

»Ich hasse dich. Wie sollen wir es machen?«, fragte sie.

Das wollte er hören. Endlich wurde sein Traum wahr.

Annemarie zog sich aus. Auch Marina war bald nackt. Noch nie hatte Björn eine Transe aus der Nähe gesehen. Er war fasziniert von ihr. Obenrum Frau, untenrum Mann. Marina war erregt, ihr Hobel stand und zuckte bereits, als sie Annemarie nackt sah.

»Wir drehen einen harten Porno«, erklärte er. »Annemarie, du kniest doggy auf dem Bett, Marina, du stehst vor dem Bett. Dann kraulst du Marinas Eier und lutschst ihren Schwanz. Ich nehme alles auf.«

Björn war selten in seinem Leben so erregt gewesen wie in diesem Augenblick.

Annemarie verzog das Gesicht. Sie wollte das hier nicht und genau das machte Björn noch weiter an. Sie kniete sich so auf das Bett, wie er es verlangt hatte. Ihre Titten und ihr Arsch waren einfach geil. Marina stand mit ihren gemachten Titten und ihrem harten Schwanz vor dem Bett. Doch etwas fehlte.

»Ich bin noch nicht zufrieden«, erklärte Björn mit der Kamera in der Hand.

»Was willst du noch? Mich ficken?«, fragte Annemarie wütend.

»Nein, ich habe eine andere Idee.« Grinsend griff er in seine Reisetasche und holte eine Kette mit Liebeskugeln hervor. »Schieb dir die Dinger in die Möse.« Björn lachte dreckig.

»Spinnst du?«, fragte sie wütend.

»Nein, Lucy.«

Die Angesprochene stöhnte und stand auf. Weit spreizte sie die Beine und schob sich die Kugeln in die Möse.

Björns Schwanz wippte herrlich. »So, alles auf Position. Komm, Annemarie, lach dreckig in die Kamera. Jetzt küsst du ihre Eichel und kraulst die Eier … Ja, das machst du gut. Und nun mach einen Kussmund.«

Es war so geil! Sie machte genau das, was er ihr sagte. Voll gespielter Lust verwöhnte sie den Transenschwanz. Marina stöhnte laut auf.

»Jetzt spreiz die Beine.«

Auch das tat sie. Björn zog an der Perle mit den Liebeskugeln und zog ihr die erste Perle aus der Möse. »Komm, werde geil. Ich will Mösenschleim an den Kugeln sehen.«

Geil verwöhnte sie den Schwanz.

»Du kommst nicht in ihrem Mund. Zieh ihn vorher heraus und wichs ihn. Du, Annemarie, machst dein Maul auf und lässt dir in den Mund spritzen. Dann spielst du mit der Zunge und zeigst der Kamera, wie du seinen Samen im Mund hast, dann schluckst du. Ich bin so geil!« Björn schnaufte.

Genauso kam es. Marina spritzte eine gewaltige Ladung in Annemaries Mund. Die zeigte den Samen und schluckte.

»Schnitt, das war so geil. Marina, wann kannst du wieder?«

»Gib mir fünf Minuten.«

»Gut! Annemarie, du kannst dich jetzt grell schminken. So richtig nuttig.«

»Ihr seid ja total pervers.«

»Schatz, ich weiß gar nicht, warum du dich so aufregst. Mach doch geil mit, dann bist du bald fertig, ich bekomme mein Geld und er seine Filme«, mischte sich Marina ein.

»Hast ja recht, ich habe ja selbst Schuld, dass ich hier bin.«

Annemarie ging ins Bad. Ihre Lippen malte sie knallrot an, dazu legte sie blauen Lidschatten auf. Grell geschminkt kam sie zurück.

»Hier.«

»Was soll ich mit dem Analplug?«

»Du legst dich geil hin und schiebst ihn dir in den Arsch, dabei lachst du sexy in die Kamera.«

Annemarie stöhnte leise. Sie nahm den Plug und wartete, bis Björn die Kamera eingeschaltet hatte. Sexy lächelte sie in die Kamera und umspielte den Plug aus Glas mit der Zunge. Nun zeigte sie ihre Kehrseite und beugte sich geil nach vorn. Dann spielte sie mit der Spitze des Plugs an ihrer Rosette und schob sich das Teil in den Arsch.

Björn filmte alles mit seiner Kamera, dabei wippte sein Rohr gewaltig.

Marina war wieder einsatzbereit, ihr Schwanz stand wie eine Eins.

»Annemarie, jetzt legst du dich aufs Bett und spreizt die Beine bei leicht gehobenem Becken. Die Leute wollen den Plug sehen. Dann winkst du heiß in die Kamera«, befahl er.

Sie tat es und zeigte eine geile Show. Marina spielte währenddessen an ihrem Schwanz und schaute dem Treiben zu.

»So, jetzt kniest du dich zwischen ihre Beine und reibst dein Rohr an ihrer Perle. Annemarie? Du streichelst geil über deine Perle und über seinen Pinsel. Und los.«

Die beiden zeigten eine geile Show. Björn filmte alles, manches in Großaufnahme.

»Jetzt beugst du dich nach unten, Marina, und ihr küsst

euch geil. So richtig mit Zunge und allem Drum und Dran.«

Seine eigenen Worte erregten Björn maßlos. Die Macht über andere und die hemmungslosen Sexspiele vor seinen Augen ließen seinen Saft kochen. Nun küssten sich die zwei auch noch leidenschaftlich. Es sah für den Betrachter wirklich so aus, als hätten sie Spaß dabei. Annemarie griff nach Marinas Eiern und kraulte diese intensiv. Es war ein Traum für jeden Pornofilmer, was sich da gerade abspielte.

Jetzt konnte auch Björn sich nicht mehr zurückhalten. Er legte die Kamera zur Seite und stöhnte: »Nimm ihn tief in den Mund.«

Sie tat es. Als er ihre warmen weichen Lippen spürte, die sein Rohr fest umschlossen und an seinem Stab saugten, seufzte er laut. Sie machte es wirklich gut. Hemmungslos schaute er ihr zwischen die Beine und sah, wie die Transe Annemarie mit ihrem geilen Stab pinselte. Björn schaute auf Marinas gemachte Titten und konnte nicht anders. Er fasste ihr an die Ballons und spielte damit.

»Du kannst auch meinen Arsch haben. Wird aber etwas mehr kosten«, meinte Marina leise stöhnend.

»Annemarie bezahlt eh, also ist es egal.«

Gerade wollte sie protestieren, als er ihr sein Rohr bis zum Anschlag in den Mund schob. Als er kurz davor war, zu kommen, zog er sich aus ihr zurück. »So, für mich muss das erst einmal reichen.« Mit triumphierendem Blick griff er wieder zur Kamera und setzte die Aufnahme fort.

»Wenn du kommst, dann sagst du vorher Bescheid. Die erste Ladung bekommt sie in die Möse, dann pulsierst du auf ihren Bauch. Das scharfe Luder schmiert sich dann mit deiner Sahne ein«, wies er an.

Annemaries Blick veränderte sich. Hatte sie ihn zuerst nur böse angeschaut, blickte sie nun zärtlicher.

Langsam war Marina so weit. »Es kommt mir gleich«, stöhnte sie.

Björn zoomte mit der Kamera auf Annemaries Möse. Mit einem lauten Schrei kam Marina und schon quoll etwas Sahne aus ihrer Perle. Wie es »der Regisseur« gefordert hatte, zog sie ihr Rohr heraus und drückte den pulsierenden Stab auf ihren Bauch. Annemarie griff nach dem Stab und wichste ihn herrlich, sodass sich ein gewaltiger See Sahne auf ihrem Bauch bildete. Wie eine Königin, die im alten Rom in Milch badete, begann sie, sich willig mit dem Samen der Transe einzureiben.

Björn filmte alles in Großaufnahme. »Jetzt zieh den Plug aus deinem Arsch, leck ihn ab und dann grinst du sexy in die Kamera.«

Wieder folgte sie seiner Anweisung. Sexy leckte sie mit der Spitze ihrer Zunge über den Plug aus Glas.

»Schnitt, das war geil!«, freute er sich.

»Kannst du noch, Marina?«

»Boah, was soll das werden?«, fragte die Transe.

»Na ja, ich dachte mir, ich drehe eine Lochserie. Du hast ihr ins Maul gespritzt, dann in die Möse und jetzt fehlt noch ihr Arsch.« Er lachte dreckig.

Annemarie stand auf und verpasste ihm eine Ohrfeige. »Du bist ein Schwein, aber langsam macht es mich auch geil. Ich gehe ins Bad und bereite mich vor. Mit noch mehr Lippenstift und Wimperntusche.«

»Ja, kannst du, ist auch besser so. Zuerst wollte ich dich fesseln, aber wenn du geil mitmachst, ist es viel schöner. Marina, wann bist du wieder so weit?«

»Jetzt brauche ich etwas länger. Gib mir zwanzig Minuten.«

»Klar.«

Björn ging zu Annemarie ins Bad. Ihr lief noch etwas Sahne aus der Möse, aber das war zu vernachlässigen. Er schaute zu, wie sie sich erneut vorbereitete. Sein Schwanz stand immer noch und begann bereits zu schmerzen. Gern hätte er sich auch seinen Spaß gegönnt, aber dafür war jetzt keine Zeit.

»Du siehst unglaublich sexy aus, es fehlt aber noch was«, sagte er lächelnd.

»Was?«

»Wir schreiben dir mit Lippenstift die Worte *fuck me* auf den Rücken. Wenn sie dich dann doggy in den Arsch fickt, ist das noch mal ein Eyecatcher.«

»Du bist total pervers«, schnaufte sie.

»Ja, ja.« Er nahm den Lippenstift und schrieb ihr die Worte auf den Rücken.

»Ich wäre dann so weit. Bin hart!«, rief Marina.

»Schön, auf ein Vorspiel verzichten wir. Also, es geht los. Annemarie, du kniest dich doggy auf das Bett. Marina kniet sich hinter dich und dann fickt sie dich in den Arsch. Ich will dabei geile Gesichtsausdrücke sehen und es soll schmutzig sein, also los.«

Annemarie kniete sich auf das Bett, Marina kam hinter sie und schon drückte sie ihren Bolzen gegen die Rosette ihrer Gespielin. Björn wechselte von ihrem Arsch immer wieder auf die Gesichter der Darsteller und animierte sie zu heißen Blicken. Sekunden später steckte der Schwanz der Transe im Arsch der überheblichen Schönheit und der Ritt begann. Geil bumste Marina sie und lächelte in die Kamera. Es sah einfach nur genial aus. Unten Mann und oben Frau, dazu die stark wippenden Titten von Annemarie und die vulgäre Aufforderung auf ihrem Rücken. Es war ein Traum.

»Mir gefällt das noch nicht. Macht ruhig weiter.«

Björn legte die Kamera zur Seite, kramte in seiner Tasche und reckte kurz darauf ein Hundehalsband in die Höhe. Es war schwarz und mit Nieten besetzt. Grinsend legte er es Annemarie um den Hals und gab die Leine Marina, die kräftig daran ziehen sollte. »So, jetzt ist es perfekt. Fick sie schön weiter und ich will geile Gesichter sehen.«

Wieder griff er zur Kamera und filmte alles. Annemaries Gesicht in Großaufnahme, wie sie sich lüstern über die Lippen leckte. Marina, die mit ihrem süßen Schwanz den Arsch ihrer Gespielin fickte und auf deren Stirn sich bereits erste Schweißperlen bildeten.

Endlich wurde Annemarie auch geil und es bildeten sich feine Tropfen der Lust um ihre Rosette. Wahrscheinlich waren es Tropfen von Marina, aber das war egal, es sah ultrageil aus.

»Ich komme gleich«, stöhnte die Transe.

»Ja, pump das Miststück richtig voll. Wenn du fertig bist, dann rausziehen. Ich will ihren offenen Arsch filmen.«

»Du bist ein Schwein.« Annemarie schnaufte unter der Last des Pinsels in ihrem Arsch.

Björn hatte dafür keine Zeit. Marina kam in ihr und er sah ihren pumpenden Rüssel. Nun filmte er Marinas glückliches Lächeln und zoomte dann auf den besamten Arsch von Annemarie.

»Ich ziehe ihn jetzt raus«, erklärte Marina.

»Ja, ihr Arsch ist gut zu sehen.«

So geschah es. Der schleimige Riemen ploppte aus dem Arsch und Björn zeichnete Annemaries offen stehenden Arsch in Großaufnahme auf. Feine Spermafäden tropften aus ihrem Hintereingang.

»Das ist so geil. Ich werde das Stück gleich auch kräftig anal nehmen«, meine Björn stöhnend.

»Kann ich gehen?«, fragte Marina.

»Ja, du kannst mir schreiben, was du bekommst. Sie bezahlt, also leg noch was drauf.«

Als Marina das Hotelzimmer verließ, hörte sie ein lautes

Quieken von Annemarie und einen intensiven Seufzer von Björn. Jetzt wurde der Regisseur zum Hauptdarsteller.

DAS SAUGLUDER

Puh, Benjamin hatte an diesem Tag wieder unglaublich viel zu tun. Manchmal hasste er seinen Job als Tontechniker, aber der Job brachte gutes Geld und Fachkräfte waren Mangelware. Doch manchmal fragte er sich wirklich, warum er sich das antat. Am Anfang hatte alles noch total verlockend geklungen. Eine große Tageszeitung wollte ins Fernsehgeschäft einsteigen und suchte die gesamte Bandbreite, die man zur Betreibung eines TV-Senders brauchte. Kameraleute, Beleuchter, Moderatoren und halt Tontechniker. Seit einem halben Jahr gab es den Sender, der bis jetzt nur ein Nischenpublikum bediente, aber das ging ihn nichts an.

Seit fünf Stunden arbeitete er an dem blöden Verteilerkasten, der laufend Tonstörungen verursachte. Kurz schaute er zur Uhr. Es war erst kurz nach acht Uhr morgens, der Tag war noch ewig lang. Zum Glück hatte er den Kasten schon ausgebaut und einen neuen Verteilerkasten installiert.

Verschwitzt holte er sich eine Tasse Kaffee. Leider nicht aus der Kantine, sondern aus einem dieser Kaffeeautomaten – der Kaffee war nicht einmal warm. Er verzog schon beim ersten Schluck die Miene.

»Der Kaffee schmeckt wirklich nicht. Komm zu uns. Jürgen hat heißen Kaffee in seiner Thermoskanne«, hörte er die Stimme von Rafael.

»Cool, da sage ich natürlich nicht Nein.«

Er gesellte sich zu seinem Techniktrupp, der noch einige Minuten bis zum Schichtbeginn hatte. Natürlich hätte er seine Leute auch in der Nacht anrufen und sie in den Sender schicken können, aber er warf gern selbst einen Blick auf

Probleme, und da er gern allein arbeitete, griff er häufig selbst zum Schraubenzieher. Besonders glücklich war er über seine vier Techniker nicht. Jürgen, Rafael, Kurt und Stefan konnten zwar arbeiten und wussten, was sie taten, aber menschlich waren sie nicht auf einer Wellenlänge. Die vier waren schon weit über fünfzig und wenn es ihm möglich gewesen wäre, dann hätte er seine Leute zu gern ausgetauscht. Er mochte auch nicht, wie sie über Frauen oder politische Ansichten diskutierten, aber er musste mit ihnen arbeiten und so zog er sich auf eine defensive Position zurück und behielt Details seines Privatlebens für sich.

Doch jetzt freute er sich erst einmal auf einen Schluck des heißen Wachmachers. Sie saßen in einer kleinen Sitzecke am Ende eines langen Flurs. Es dauerte nur einige Minuten und seine Lebensgeister erwachten wieder. Viele Leute liefen über den Flur hin und her. Einige der Mitarbeiter waren ihm bekannt, andere nicht.

Plötzlich pfiff Jürgen durch die Zähne und alle Augen richteten sich auf den Flur. Benjamin grinste innerlich. Das Augenmerk der Gruppe fiel auf Nele Welsbach. Mit großen Schritten kam sie den Männern näher. Sie trug einen grünen Hosenanzug, darunter ein schlichtes weißes T-Shirt. Schon einige Male hatte er mit der jungen Frau zu tun gehabt. Die Vierundzwanzigjährige arbeitete seit Beginn der Ausstrahlung für den Sender und war wirklich etwas ganz Besonderes. Benjamin hatte noch nie so schöne Augen gesehen. Sie waren wie Mandeln geformt, dazu kam dieser breite Mund, der an den Seiten nach oben geschwungen war, und dazu diese Stimme – so fest und selbstsicher und doch so angenehm lag ihre Tonlage in seinem Ohr.

»Hallo Jungs.« Sie nickte kurz und verschwand hinter einer der Türen.

»Meine Güte, was für eine tolle Frau. Nur ihre Titten!«, bemerkte Jürgen.

»Entweder sie trägt einen BH, der ihre Möpse nach unten zieht, oder sie hat jetzt schon Hängetitten«, bemerkte Rafael mit spitzer Zunge.

»Welche Möpse? Ihre Figur ist ja heiß, aber ihre Hügel eine Katastrophe«, erwiderte Jürgen.

»Na ja, wenn du sie von hinten knallst, dann musst du dich ja nicht mit ihren Hügeln beschäftigen«, meinte Kurt.

Das verächtliche Lachen der Gruppe gefiel Benjamin nicht. Er verzog das Gesicht. »Jetzt hört doch mal auf, so abfällig über Nele zu sprechen. Jeder hat seine Problemzonen und ihr Körper geht uns nichts an.«

»Oh, da kommt der weiße Ritter. Du würdest sie nicht knallen?«, fragte Kurt und schaute Benjamin an.

»Nein, ich würde gern einen Abend mit ihr verbringen und sie einfach näher kennenlernen. Ich glaube, sie ist eine interessante Frau«, antwortete er.

Die vier Männer seines Teams schauten sich an und brachen in schallendes Gelächter aus.

»Sie kennenlernen, der war wirklich gut!« Stefan wischte sich die Tränen aus dem Gesicht.

»Das ist nicht witzig. Ihr lasst sie jetzt in Ruhe und geht an eure Arbeit. Ich will keine Klagen hören.« Lustlos machten sich die Männer auf den Weg und er sah ihnen kopfschüttelnd nach.

***

In den nächsten Tagen hatte er wahnsinnig viel Arbeit. Am Mittwoch kam er mit seinen Einkäufen endlich mal früher nach Hause. Nachdem er seine Tüten geleert hatte, legte er sich auf die Couch und spielte lustlos an seinem Handy. Es war kurz vor neunzehn Uhr und Benjamin freute sich schon auf sein Bett, das er an diesem Abend früh aufsuchen würde.

Plötzlich ging sein Handy. Es war Nele. Was wollte sie von ihm? Vor allem zu dieser Uhrzeit? Einige Sekunden überlegte er, ob er das Gespräch annehmen sollte. Doch als er sich an das Gespräch mit seinen Mitarbeitern erinnerte, tat sie ihm leid.

»Hallo«, begrüßte er sie.

»Benjamin, das ist ja toll. Zum Glück erwische ich dich. Ich sitze hier im Restaurant New York und habe kein Geld dabei«, erklärte sie.

»Kannst du nicht zum Geldautomaten gehen? Als Pfand könntest du doch deinen Personalausweis hinterlegen.«

»Leider habe ich nichts dabei. Kannst du bitte kommen und mich auslösen?«

»Boah, das ist doch der Nobelschuppen, da komme ich gar nicht rein. Kannst du nicht eine deiner Freundinnen fragen?«, versuchte er sich aus der Situation zu retten.

»Nein, mir ist das so was von peinlich. Ja, zieh dich bitte gut an. Als wir die kleine Eröffnungsfeier veranstaltet haben, hattest du doch den schicken schwarzen Anzug an. Bitte, ich brauche dich.«

Ihre Stimme klang so weich und zerbrechlich. Er kämpfte mit sich. Lust hatte er nicht, aber er konnte sie ja nicht einfach sitzen lassen. »Ich mache mich fertig«, meinte er seufzend.

»Danke, bis gleich. Ich freu mich.«

Nachdem er das Gespräch beendet hatte, begann er zu grübeln. Sie freute sich, worauf? Kopfschüttelnd zog er sich an. Innerlich fluchte er über sich selbst. Sein Anzug war zum Glück gereinigt und hing im Schrank. Rasch zog er sich an. Was für ein Wahnsinn. Für vielleicht zwei Minuten so einen Aufriss machen? Scheiße, aber er hatte zugesagt.

Mit ausreichend Geld machte er sich auf den Weg. Was hatte sie in dem Nobelschuppen verloren? Wahrscheinlich war sie mit irgend so einem reichen Schnösel unterwegs, der sie ins Bett bekommen wollte. Aber was ging ihn das an.

Nach etwa zwanzig Minuten betrat er das Lokal.

Ein Kellner fing ihn ab. »Da sind Sie ja. Frau Welsbach wartet schon.« Mit diesen Worten führte er sie zu ihr.

Benjamin schaute sie mit weit aufgerissenen Augen an. In einem goldenen Minikleid mit einem gigantischen Ausschnitt stand sie auf. Das Kleid war nicht nur tief ausgeschnitten, es war auch ultrakurz. Sie war wundervoll geschminkt. Ihr breiter Mund wirkte durch den Lippenstift noch voluminöser und ihre Augen kamen durch den blauen Lidschatten noch intensiver zur Geltung.

»Wie schön, dass du da bist. Ich habe schon auf dich gewartet. Der Anzug sitzt dir wie angegossen, besonders dein offenes Hemd.«

»Was mache ich hier?«

»Du hast dir einen Abend mit mir gewünscht und diesen Wunsch möchte ich dir gern erfüllen. Nimm Platz, das Essen kommt gleich.«

Sie setzte sich. Sein Blick fiel auf ihren Ausschnitt, der ihr bis zum Bauchnabel ging. Nele konnte keinen BH tragen. Ihre Titten glichen kleinen Hautfalten. Sofort wurde sein Schwanz hart.

»Ich weiß, was du denkst. Wir sprechen später darüber und nun setz dich.«

Das heiße Luder hatte ihn überrumpelt. Jetzt den Abend zu beenden, kam ihm nicht in den Sinn. Sie wollte spielen, also tat er ihr den Gefallen. Grinsend setzte er sich zu ihr.

»Woher weißt du?«, fragte er.

»Ich habe euer kleines Gespräch neulich belauscht. Du hast mich verteidigt und nun sitzen wir hier. Beim Essen kannst du mich alles fragen, was du möchtest. Alles.«

Mit einem unglaublich sexy Blick schaute sie ihn an. Ihr kurzes blondes Haar betonte ihr schönes Gesicht. Mit ihrem

Schlafzimmerblick begann sie Benjamin um den Finger zu wickeln.

Die nächsten Stunden redeten und lachten sie. Die Kerze auf ihrem Tisch war schon fast heruntergebrannt, als ein Kellner an ihren Tisch trat.

»Entschuldigen Sie bitte. Es ist ja schön, dass Sie so frisch verliebt sind, aber es ist jetzt schon fast ein Uhr nachts. Wir möchten gern schließen.«

»Natürlich.« Nele lachte und zog ihre schwarze Platinkreditkarte. Auf seinen erstaunten Blick hin erklärte sie: »Ich verdiene gut. Und jetzt bringst du mich nach Hause.«

»Habe ich eine Wahl?«

»Lass mich kurz überlegen ... Nö.«

Draußen empfing sie kühle Luft. Wie selbstverständlich hakte sie sich bei ihm ein. Mit schnellen Schritten gingen sie durch die Straßen. Bald standen sie vor dem Mehrfamilienhaus, in dem sie wohnte.

Mit großen Augen schaute sie ihn an. »Du hast mich nach Hause gebracht, jetzt bring mich ins Bett«, flüsterte sie ihm ins Ohr und knabberte an seinem Ohrläppchen.

Was sollte er tun? Benjamin war auch nur ein Mann. Er griff nach ihrer Hand und sie führte ihn zur Haustür. Verliebt schaute sie ihn an. Bis zu ihrer Wohnungstür mussten sie nur wenige Meter zurücklegen. Hastig schloss sie auf und zog ihn in den Flur.

Grinsend drehte sie sich um. »Ich will deinen Schwanz.«

Bevor er antworten konnte, kniete sie schon vor ihm und öffnete seine Hose. In dem Augenblick rutschte sein Gehirn in die Hose und er gab sich ihren Lippen hin. Schon als er ihr warmes Fleisch an einer Eichel spürte, begann sein Saft zu kochen. Mit einer unglaublichen Intensität saugte sie an seinem Schwanz.

»Du heißes Luder«, keuchte er.

Weiter und weiter verwöhnte sie ihn. Er hatte ihre Fähigkeiten maßlos unterschätzt, sie war eine Blaskönigin.

»Tja, jetzt muss ich aufhören, sonst spritzt mein geiler Hengst zu früh.« Mit diesen Worten schlüpfte sie aus ihrem Kleid.

»Du bist komplett nackt drunter«, stellte er mit gierigen Augen fest.

»Treffend erkannt.« Sie nahm ihn an der Hand und führte ihn in ihr Schlafzimmer.

Jetzt übernahm er die Initiative und drückte sie auf das Bett. Von seiner Lust getrieben, legte er sich auf sie und begann, an ihren kleinen Titten zu lecken. Sie waren wirklich nicht größer als eine Hautfalte. Kleine Nippel und winzige Vorhöfe lachten ihn an. Benjamin stand auf kleine Titten. Voller Lust nahm er ihre halbe Brust in den Mund. Sie stöhnte auf, als er an ihr zu knabbern begann. Benjamin bekam gar nicht genug. Mit den Zähnen kaute er an ihrem Fleisch und leckte mit der Zunge über ihre winzigen Knöpfe.

»Du musst aufhören. Ich komme sonst gleich.«

Er war im Rausch. Voller Gier drückte er ihr seinen Schwanz gegen die nasse Spalte. Benjamin war so aufgeregt, dass er ihn gar nicht reinbekam.

Nele griff nach seinem Stab. »Lass mich das machen.«

Ihr Fleisch umschloss sein Rohr. Laut seufzte sie. Normalerweise ging sie mit Typen nicht am ersten Abend ins Bett, aber sie stand auf Benjamin. Neben seiner ruhigen Art fand sie seinen Körper unglaublich heiß. Schnell knöpfte sie sein Hemd auf und strich durch sein volles Brusthaar. Doch lange konnte sie sich seinem Haar nicht widmen. Er hatte ihre halbe Brust im Mund, es war wundervoll. Noch nie hatte sie diese Kombination aus lustvollem Schmerz und heißen Lippen erlebt. Ihre Lust steuerte auf den Siedepunkt hin. Lustimpulse erzeugten eine gigantische Gänsehaut auf ihrem Körper. Er schickte sie in eine Achterbahn. Mal knabberte er an ihr, mal saugte er und mal leckte er über ihre Nippel. Wie Wasser, das kurz vor dem Kochen ist, steuerte ein Orgasmus auf sie zu.

Benjamin wechselte die Brust und sorgte dafür, dass sie für einen Augenblick etwas runterkam. Bei der Achterbahn würde sie sich jetzt in einer Senke befinden. Er biss sie liebevoll. Es war ein lustvoller Schmerz, den sie noch nicht kannte. Mit voller Wucht steuerte sie auf eine Wand zu. Sie konnte nichts tun. Benjamin biss etwas fester. In dem Augenblick knallte sie mit voller Wucht gegen die Wand. Es war kein Höhepunkt, es war eine Erlösung. Mit geschlossenen Augen gab sie sich dem Gefühl der Freiheit hin. Ihr Körper zuckte und bäumte sich auf.

Benjamin ließ nicht von ihr ab. Wild knusperte er weiter an ihren Nippeln. Nele blieb gar keine Zeit, denn schon überschüttete der nächste Höhepunkt ihren Körper mit Glückshormonen. So geil war sie noch nie gekommen und Benjamin schien nicht müde zu werden. Immer noch war ihr heißer Stecher mit ihren kleinen Titten beschäftigt. Früher hatte sie unter ihrer BH-Größe gelitten. Immer konnte sie nur A-Körbchen kaufen, bis ihr irgendwann auffiel, dass eine Menge Männer auf kleine Titten standen. Doch so sehr, wie Benjamin sich um ihre Hügel kümmerte, hatte sie es noch nie erlebt. Schon schickte er durch sein intensives Knabbern an ihren Titten den nächsten Höhepunkt durch ihren immer heißer werdenden Körper. Inzwischen glühten ihre Backen.

»Bitte, aufhören. Ich kann nicht mehr.«

»Langweilig.« Er grinste sie an.

»Du machst mich fertig«, stöhnte sie.

Als er sich neben ihr auf das Bett legte, schaute sie an sich herunter. Überall war sein Speichel verteilt und ihre Nippel waren knallrot. Doch schon kam sein harter Dolch in ihr Blickfeld. Sie griff nach seinem Stab und wichste ihn. Glücklich legte sie sich in seine Arme.

»Ich habe dich ganz schön vollgesabbert«, stellte er zufrieden fest.

»Stimmt, meine Titten sind ganz rot.«

Gerade wollte er wieder zuschnappen, als sie ihn spielerisch aufs Bett drückte. »Jetzt wird es aber Zeit, dass wir deine Geilheit mal wieder in normale Bahnen lenken. Spritz mir auf das Gesicht. Ich liebe es, wenn ich auf dem Rücken liege und angespritzt werde.«

Gesagt, getan. Sie legte sich auf den Rücken. Benjamin kniete sich neben sie und drückte ihr seinen nassen Schwanz an die Lippen. »Aufmachen, du Sau!«, befahl er.

In ihrem Leben mochte sie keine Kerle, die so billig mit Frauen sprachen, aber im Bett war es geil. Sich erniedrigen zu lassen, war im Bett geil. Nele liebte es, sich in den zwei Welten zu bewegen. Bei der Arbeit gab sie sich sehr verschlossen und liebte es, wenn Männer sie für unnahbar hielten, im Bett war sie dagegen gern das billige Flittchen, das fast alles mitmachte. Es kam halt auf den Mann an. Dieser hier schmeckte leicht bitter, was sie noch mehr aufgeilte.

Zu vielen weiteren Gedanken kam sie nicht. Benjamin rammte ihr seinen Pimmel tief gegen die Backen. »Dein Maul ist so schön breit, da stecke ich ihn doch gern quer rein«, stöhnte er und griff nach seinem Pinsel.

Brutal begann er, mit seinem großen Stab ihren Mund zu ficken. »Gefällt es dir? Gleich spritz ich dich voll. Saug schön weiter!«, befahl er mit heiserer Stimme.

Sie spürte seine Gier und es gefiel ihr. Männer, die sich so gehen ließen, dachten nur noch mit dem Schwanz, was auch eine Auszeichnung für sie war. Mit ihren lackierten langen

Fingernägeln begann sie, seine Eier zu streicheln. Er musste jetzt einen leichten Schmerz fühlen. Laut seufzte er. Anhand seines zuckenden Schwanzes spürte sie, dass ihre Streicheleinheiten eine große Wirkung auf ihn hatten.

»Jetzt bekommst du deine Gesichtsmaske«, jaulte er fast und zog seinen Riemen aus ihrem Mund.

Mit ganzer Kraft wichste er seinen harten Stab. Nur Millimeter trennten seine Eichel von ihrem Gesicht. Dann war es so weit. Ein harter Strahl Saft traf ihr Auge. Mit geschlossenen Augen genoss sie seine Gesichtsbesamung. Die weiße Milch lief ihr schon über den Hals, so viel pumpte er ihr ins Gesicht.

Nach gefühlten Minuten war er fertig, dachte sie zumindest. Er rieb seinen langsam einfallenden Schwanz an ihren Lippen und wischte sich den Schleim von der Eichel. Sie hörte, wie er sich mit rasselndem Atem neben sie legte. Wortlos reichte er ihr Papiertaschentücher, die neben ihrem Bett standen.

Mehr als zehn Tücher brauchte sie, bevor sie wieder einigermaßen sauber war. Doch Benjamin hatte sein Augenmerk wieder auf ihre Titten gelegt. Voller Lust zwirbelte er ihre kleinen Nippel. Schon begann er wieder, an ihren Hupen zu knabbern.

»Stopp, mein Lieber! So nicht.« Sie schob ihn zur Seite und grinste ihn an. »Wenn ich dir jetzt freien Lauf lasse, dann machst du mich komplett fertig.«

Ihr Blick fiel auf seinen inzwischen schon wieder harten Schwanz. Meine Güte, was hatte er für eine Ausdauer! Oder machte sie ihn so geil? »Ich mache dir ein Angebot. Ich blase ihn und schlucken werde ich auch, dafür lässt du meine Möpse in Ruhe?«

»Nimm ihn schön tief«, seufzte er.

Nele kniete sich zwischen seine Beine. Ihre kleinen Titten hingen. Wieder grinste sie seinen Rüssel an. Als sie ihre Lippen über seine Eichel stülpte und den nassen Muskel tief in ihren Mund gleiten ließ, stöhnte er lustvoll auf. Tja, blasen machte sie nicht oft, aber wenn, dann richtig.

Endlich hatte sie etwas Ruhe – so dachte sie. Doch lüsterne Finger griffen nach ihren Nippeln. »Schatz, wir hatten einen Deal!«

»Ich kann doch nichts dafür, dass du so tolle Brüste hast.«

Was für ein schönes Kompliment. Er hatte sich offenbar wieder unter Kontrolle. Seiner Wortwahl entnahm sie, dass sein Gehirn nicht mehr in seinem Schwanz steckte. Noch! Voller Lust nahm sie seinen Rüssel wieder in den Mund und bewegte sich rhythmisch. Intensiv zuckte sein Schwanz. Seine Geilheit war ihre Anerkennung und sie verwöhnte ihn mit noch mehr Leidenschaft.

»Ich spritz dir jetzt ins Maul, mach es mir!«, schrie er. Einige Sekunden später rammte er ihr seinen Speer tief in den Rachen und ein harter Strahl Milch knallte gegen ihren Gaumen. Kurz musste sie würgen, bevor sie ihn weiter glücklich machte. Diesmal war er schneller leer, was aber auch nicht verwunderte.

Mit viel Samen im Magen kuschelte sie sich wieder an seine Seite. »Du hast ja ganz schön viel zu verschenken«, flüsterte sie ihm ins Ohr.

Beide verloren jedes Zeitgefühl. War es jetzt vier Uhr in der Früh oder schon fünf? Keine Ahnung, und es war auch egal. Sie genoss seine Nähe.

Benjamin streichelte liebevoll über ihren Bauch und seine warmen Finger glitten langsam in Richtung ihrer Lusthöhle.

»Hast du immer noch nicht genug?«, fragte sie grinsend. Seine Lust war Balsam für ihr Selbstwertgefühl.

Gierig öffnete er ihre Schenkel. Und auch in ihr loderte wieder das Feuer der Lust.

»Du hast mich jetzt angespritzt und ich habe geschluckt. Willst du in mir kommen?«

Benjamin antwortete nicht, er küsste sie voller Gier, stupste mit der Zunge gegen ihre Lippen. Willig öffnete sie den Mund, er unterdrückte dominant ihre Zunge. Im Leben führte sie gern, doch hier ließ sie sich führen und er tat ihr den Gefallen.

Mit einem süffisanten Lächeln schwang sie sich auf seine Hüften und schob sich seinen Rüssel tief hinein. Er drückte sein Becken hoch. Fast hatte sie das Gefühl, er würde sie abwerfen, doch so weit kam es nicht. Nele drückte ihr Becken gegen seinen Leib. »Ruhig, mein Hengst«, meinte sie kichernd.

Langsam begann sie sich zu bewegen. Mit kreisenden Beckenbewegungen fachte sie seine Lust erneut an. An seinem Stab, der wieder zur vollen Größe angewachsen war, spürte sie jede Unebenheit, jede Ader. Seine Gier färbte auf ihre Lust ab. Beide schaukelten sich weiter hoch. Schweiß bildete sich auf den beiden Körpern. Sie beugte sich zu ihm hinunter und sie küssten sich leidenschaftlich auf den Mund. Unterbrach sie ihre Bewegungen? Nein, sie ritt ihn weiter.

»Wenn du so weitermachst, dann schmerzen mir morgen die Schenkel«, meinte sie kichernd.

»So behältst du mich wenigstens in Erinnerung«, frotzelte er.

»Das ist jetzt schon der Fall.«

Nele rieb ihren schlanken Körper an seinem Oberkörper. Seine Brusthaare kitzelten an ihren Nippeln. Wieder spürte sie einen gigantischen Höhepunkt auf sich zurasen. Benjamin schien es zu riechen. Er packte sie an den Hüften und drückte ihren Körper auf seinen Bolzen. Nele verdrehte die Augen. Es war eine gigantische Walze, die ihre Befriedigung in ein Gefühl des Glücks verwandelte, wie sie es noch nie erlebt hatte. Als besondere Zugabe spürte sie seinen pulsierenden Stab in ihrem Körper. Wieder pumpte er sie voll.

Minutenlang blieb sie noch auf ihm liegen. Sie wollte diesen Augenblick für immer in ihrem Herzen behalten. Dann legte sie sich neben ihn.

»Was hatte das Gespräch mit den Jungs mit uns zu tun?«, fragte er neugierig.

»Ich entscheide, wer mich glücklich macht, und ich mag Männer, die Frauen pflegen. Jetzt muss ich aber schlafen«, flüsterte sie.

Benjamin schaute auf den Wecker auf ihrem Nachttisch. »Scheiße, es ist schon sechs Uhr. Ich muss zur Arbeit.«

Sie kicherte. »Herrlich, dann haben meine süßen Brüste endlich ihre Ruhe.«

»Für den Moment. Ich muss jetzt.« Er stand auf.

Grinsend schaute sie ihm auf den Arsch. »Schön knackig«, frotzelte sie.

»Das bekommst du zurück.« Lachend zog er sich an, küsste sie noch einmal auf den Mund und ließ sie allein.

Glücklich schloss sie die Augen und schlief ein.

***

Am späten Nachmittag wachte sie auf. Alles tat ihr weh. Die wilde Nacht hatte ihr deutlich gezeigt, für welche Muskeln sie etwas tun musste.

Nachdem sie sich einen Tee gemacht hatte, kuschelte sie sich in eine Decke auf ihrer Couch ein. Benjamin war ein toller Mann, aber sie hatte Bedenken, mit einem Mann zusammenzuarbeiten, der einen vögelt. Konnte das gut gehen? Persönliche und berufliche Themen miteinander zu verbinden, war nie ihr Ding gewesen. Zwar verdiente sie gut, doch sie war jung und ehrgeizig. Wäre da nicht die Beziehung zu einem Tontechniker störend? Die ganze Nacht lag sie wach.

***

Am nächsten Morgen veröffentlichte sie ein Selfie von sich auf ihren sozialen Kanälen. Es zeigte sie im Fahrstuhl auf dem Weg ins TV-Studio.

Die ersten Stunden im Sender vergingen. Während einer Pause spürte sie die Blicke ihrer Kollegen. Stimmte etwas bei ihr nicht? Ein Blick in den Spiegel brachte keine neuen Erkenntnisse. Kurz checkte sie ihre sozialen Kanäle. Dann war klar, warum die Kollegen so grinsten. Benjamin hatte ihr Foto geteilt und ihr Bild mit drei roten Herzen untermalt. Wut stieg in ihr auf.

Genau in diesem Augenblick kam Benjamin auf sie zu.

»Hallo, schöne Frau.«

»Benjamin, was fällt dir ein?«, maulte sie ihn an.

»Was ist los?«

»Ein Bild von mir zu teilen und dann auch noch mit roten Herzen zu unterstreichen, ist scheiße. Wir hatten eine Nacht und mehr nicht.«

»Ich dachte ...«

»Mit der Hose hast du gedacht. Lass mich bloß in Ruhe.« Wütend zog sie mit ihrem Laptop davon.

Ein wenig tat er ihr leid, aber persönliche und berufliche Dinge zu vermischen, war scheiße. Die Fronten waren geklärt, aber glücklich war sie nicht.

***

Unschlüssig rief sie am Abend ihre beste Freundin an. »Marion, kannst du kommen?«

»Klar, geht es um deinen neuen Freund? Ach, lass mal, ich will alles ganz genau wissen, und zwar von dir persönlich. In zehn Minuten bin ich da.«

Tatsächlich stand ihre Freundin bald vor der Tür.

In allen Einzelheiten schilderte Nele ihre Sicht der Dinge.

Marion hörte aufmerksam zu. »Na ja, Liebes. Ich kann Benjamin verstehen. Ihr hattet eine Nacht, okay. Ihr habt es aber drei Mal miteinander getrieben und wenn ich deinen Worten glauben darf, dann passt ihr wunderbar zusammen. Ja, er ist Tontechniker und du Moderatorin. Es gibt Tausende

Menschen in diesem Land, die eure Berufe haben, und? Ich hätte ihn nie so behandelt.«

Noch Stunden redeten die zwei jungen Frauen miteinander. Spät am Abend ging Marion nach Hause, Nele blieb mit vielen Fragen zurück. So ganz unrecht hatte Marion nicht. Vielleicht hätte sie Benjamin ihre Situation erklären müssen.

Kurz entschlossen griff sie zum Telefon und rief ihn an. Ein Freizeichen drang an ihr Ohr. Doch was war das? Er drückte sie weg. Noch mehrfach versuchte sie es in der Nacht, doch immer drückte er sie weg.

Unruhig ging sie in ihrer Wohnung auf und ab. Sie könnte zu ihm fahren, aber wie würde er reagieren? Sie musste und wollte einen kühlen Kopf bewahren. So ging sie nach einer warmen Dusche ins Bett. Doch an Schlaf war nicht zu denken.

***

Am nächsten Morgen fuhr sie müde zur Arbeit. Völlig unkonzentriert ging sie ihrem Job nach. Immer wieder hielt sie nach Benjamin Ausschau, doch er blieb verschwunden.

Am späten Vormittag traf sie ihn endlich auf dem Flur. »Hallo, können wir reden?«

»Lass mich bloß in Ruhe. Wir haben uns nichts mehr zu sagen.«

Seine Worte waren frostig und es lief ihr kalt den Rücken herunter. »Benjamin, es war so von mir vielleicht nicht ganz in Ordnung. Ich wollte immer Beruf und privat trennen, und dann kamst du. Deine Herzen haben mich überfordert«, erklärte sie sich.

»Nele, wie alt bist du eigentlich? Du kannst reden und ich höre dir gern zu. Nein, ich hörte dir gern zu. Lass mich einfach in Ruhe. Und ja, du hast Hängetitten.«

»Kannst du bitte normal mit mir reden? Danke«, versuchte sie, nicht auf seine Beleidigung einzugehen.

»Mit Frauen, die im Kopf noch Kinder sind, möchte ich nicht reden. Guten Tag.« Mit den Worten ließ er sie allein.

Sie atmete tief durch. Das lief ja ganz toll! Frustriert ging sie nach Hause. Die ganze Situation tat ihr leid und ihre Hilflosigkeit machte sie nervös. Mit einem Glas Wein setzte sie sich auf die Couch und spielte mit ihrem Handy. Sollte sie ihm eine Nachricht schreiben? Anrufen ging ja nicht mehr und sich ständig wegdrücken lassen, wollte sie sich auch nicht.

Nach mehr als einer Stunde hatte sie sich zu einer Entscheidung durchgerungen. Gerade als sie seine Nummer wählen wollte, klingelte es. Wer konnte das jetzt sein? Sie trug nur Unterwäsche. Ein heißer Typ konnte es wohl nicht sein. Mit einem gequälten Ausdruck ging sie zur Tür. In dem Augenblick klingelte ihr Handy, das sie in der Hand mit sich führte. Es war Benjamin!

»Hallo Schatz, ich mach eben schnell die Tür auf, dann bin ich für dich da«, hauchte sie in den Hörer. Mit einer schnellen Bewegung öffnete sie die Tür. Dabei fiel ihr Handy auf den Boden.

»Du?«, flüsterte sie.

»Wenn du mich noch glücklich machen willst, dann ist das genau das richtige Outfit.«

Seine Worte entfachten das Feuer der Lust in ihr. Wortlos öffnete sie den Verschluss ihres BHs. Der Stoff fiel zu Boden. Benjamin packte sie an den Hüften und drängte sie zum Schlafzimmer. Ihre Hand fasste zwischen seine Beine. Er war steinhart im Schritt.

Sekunden später lag sie nur in ihrem Höschen auf dem Bett. Willig spreizte sie die Beine, während er seine Hose öffnete.

»Ich will dich!« Schon lag er auf ihr. Wie am Abend zuvor spielte er mit ihren Titten.

Das wollte sie, und zwar für immer. »Ich mache alles, was du von mir verlangst«, gab sie sich ihm hin.

Benjamin reagierte nicht darauf. Mit ganzer Lust leckte er ihre steinharten Nippel. Es war wieder magisch für sie. Noch nie hatte sie einen Mann erlebt, der ihre Bedürfnisse so sehr lesen konnte wie Benjamin. Mit traumhafter Sicherheit geilte er sie auf. Wieder fuhr sie gegen die Wand und erlebte einen Höhepunkt, der wie ein glühender Planet vom Himmel strahlte. Sie konnte ihre Gefühle kaum in Worte fassen. Doch ihr Lover machte weiter. Sie zitterte, als sie seinen harten Schwanz wichste.

»Mach es mir langsam«, stöhnte er und kaute weiter an ihren Titten.

So liebevoll und gleichmäßig, wie sie konnte, schob sie seine Vorhaut vor und zurück. Sein Riemen tropfte. Nein, er lief aus. Warme Flüssigkeit lief an ihrem Handrücken herunter.

Der nächste Höhepunkt schüttelte ihren Körper. »Du machst mich wahnsinnig.«

Es war ein Traum, sich von diesem tollen Mann verwöhnen zu lassen. Seine Finger schoben sich unter ihr Höschen und begannen, an ihrer nassen Spalte zu spielen. Mit zwei Fingern drang er in sie ein. Wieder wurde sie von einem Orgasmus geschüttelt, der ihr Tränen in die Augen trieb.

»Ich will deine Titten besamen«, flüsterte er.

»Alles, was du willst«, gab sie sich auf.

Benjamin hob seinen Oberkörper und kniete sich direkt zwischen ihre Beine. Nun richtete er seinen Dolch auf ihren Körper und wichste hart seinen Schwanz. Nele erregte es sehr, ihn dabei zu beobachten, wie er an sich spielte.

»Jetzt bekommst du die ganze Ladung.«

Der erste Schwall schoss aus seinem Schwanz und legte sich auf ihre Titten. Die warme Sahne erzeugte Gänsehaut auf ihrem Rücken. Innerhalb von wenigen Sekunden hatte er ihren ganzen Oberkörper mit seiner Flüssigkeit überzogen.

Nele spielte mit seinem Saft und zwirbelte ihre Titten.

»Schätze, wir sollten jetzt duschen gehen«, meinte er grinsend.

»Darf ich dann schlucken?«, fragte sie lüstern.

BITTE UNTERWERFE MICH – ICH TUE ALLES!

Charles wurde durch lautes Vogelgezwitscher wach. Er hatte wunderbar geschlafen. Strahlender Sonnenschein empfing ihn, als er aus dem Fenster schaute. Doch draußen war es kalt, die Temperaturanzeige zeigte zwei Grad plus an – für April nicht unüblich. Obwohl er in seiner Gartenhütte geschlafen hatte, war ihm mollig warm. Im letzten Sommer hatte er seine Hütte ausgebaut und mit Glaswolle gedämmt. Das kam ihm jetzt zugute. Er liebte es, in seiner Parzelle zu schlafen. Es gab nichts Schöneres, als die untergehende Sonne in der freien Natur zu genießen und durch das bunte Konzert der Vögel geweckt zu werden.

Gemächlich stand er auf und zog sich an. Es hatte in der letzten Nacht Frost gegeben, die Grashalme waren mit Raureif überzogen und der Boden glänzte leicht. Er griff zu seiner Thermosflasche und schenkte sich eine Tasse Tee ein. Heißer Dampf stieg auf. Der erste Schluck Tee am Morgen war einer der schönsten Augenblicke des Tages für ihn. Als Mitarbeiter der örtlichen Wasserwerke hatte er eine geregelte Fünftagewoche und ausreichend Zeit für seinen Kleingarten. Natürlich hätte er in der freien Wirtschaft mehr Geld verdienen können, aber er war zufrieden.

Nachdem er sich angezogen hatte, schaute er sich seinen Garten an. Der Rhabarber wuchs und die Erdbeeren bildeten bereits neue Blätter aus. Charles war ein Frühaufsteher. Die Uhr zeigte kurz nach halb acht, als er sich auf den Weg zu seiner Mietwohnung machte.

Neben der Gartenanlage mit mehr als einhundert Parzellen befand sich ein Tierheim. Oft sah er Menschen, die in der weitläufigen Anlage mit Heimhunden spazieren gingen.

Als er die Anlage verließ, fiel ihm wieder diese ultraheiße Frau auf. Wie immer grüßte sie mit einem liebevollen Lächeln. Ihre blauen Augen stachen hervor. So tiefblaue Augen hatte er noch nie gesehen. Sie hatte volles, gepflegtes, kastanienrotes kurzes Haar, einen schönen breiten Mund, schneeweiße Zähne und eine für seinen Geschmack etwas zu spitze Nase. Doch nicht nur ihr Gesicht war hübsch, auch ihr Körper war heiß. Meist trug sie enge Jeans und dazu Blusen in verschiedenen Farben. Teuer aussehender Schmuck deutete darauf hin, dass sie Geld hatte.

Heute schützte sie eine dünne Jacke vor der Kälte. Als sie an ihm vorbeiging, stieg ihm ihr blumiges Parfüm in die Nase. Sie war heiß, was auch zu einer Reaktion in seiner Hose führte. Er war Mitte zwanzig und hatte einen entsprechend hohen Testosteronspiegel. Er drehte sich um und schaute ihr hinterher. Ihr Arsch war schön breit. Doch außer schauen würde wohl nicht viel gehen. Er kannte sie nicht und als er am Parkplatz des Tierheims vorbeikam, sah er eine schwere protzige Limousine. Wem der Wagen gehörte, konnte er sich denken.

Da er Urlaub hatte, hatte er Zeit. Nachdem er seine Einkäufe erledigt hatte, ging er am Nachmittag wieder in seinen Garten. Die reife Lady vom Morgen ließ ihn nicht los. Er schätzte die Frau auf Ende dreißig.

Am Abend gönnte er sich noch ein Bier. Die Dämmung der Hütte machte sich jetzt bezahlt, denn in seiner Laube war es schön warm. Bevor er ins Bett ging, fegte er noch mal durch. Mit etwa vierzig Quadratmetern war die Hütte schön geräumig, so gab es genug Platz für sein herrlich großes Bett. Mit einem zufriedenen Blick schaute er sich sein kleines Reich an, anschließend entschlummerte er ins Reich der Träume.

***

Der nächste Tag begann wie der vorherige. Strahlender Sonnenschein empfing ihn.

Als er sich auf den Weg nach Hause machte, begegnete er wieder der reifen Lady. Sie schauten sich an. Sollte er sie ansprechen? Was hatte er schon zu verlieren?

So fasste er sich ein Herz. »Entschuldigung, aber ich sehe Sie jeden Morgen hier spazieren gehen. Verraten Sie mir Ihren Namen?«

»Stimmt, wir sehen uns jeden Morgen. Frauke ist mein Name.«

Ihre Reaktion ermutigte ihn, das Gespräch weiterzuführen, und so lächelte er sie an. »Charles. Gehen Sie wieder mit dem Hund spazieren?«

»Ja, ich habe Zeit, und da widme ich mich gern den Tieren.«

»Würde es dich stören, wenn wir miteinander spazieren gehen und ich dich ein Stück des Weges begleite?«

»Du gehst ja ran! Klar, ich freue mich über Gesellschaft eines so attraktiven Mannes.«

»Dann lass uns los.«

Sie gingen nebeneinander her.

»Was willst du von mir wissen?«, unterbrach sie die Stille.

»Warum du so viel Zeit hast. Es ist mitten in der Woche, musst du nicht arbeiten?«

»Nein, ich gehe nicht arbeiten. Mein Mann ist Chirurg und mit seiner Arbeit verheiratet. Wenn er Zeit hat, dann sitzt er vor dem Telefon und hofft, dass irgendwo ein Unfall passiert, damit er in seinen geliebten OP eilen kann. Er verdient zwar viel Geld, aber Zeit hat er nicht.«

»So eine schöne Frau wie dich so zu vernachlässigen, ist ganz schön frech.«

Sie lachte leise: »Und bei dir?«

»Ich habe Urlaub.«

»Du weißt doch, was ich meine! Frauen!«

»Ich binde mich nicht gern.«

»Nein, du sprichst gern fremde Frauen an und lotest aus, was geht.«

»Du bist ziemlich direkt.«

»Wenn man ein gewisses Alter erreicht hat, dann redet man nicht mehr um den heißen Brei herum. Was machst du jetzt? Nutten? Wichsen oder mich anbetteln?«

Ihre direkte Art erregte ihn und es wurde eng in seiner Hose. Wenn sie so offen über Sex sprach, dann hatte sie bestimmt auch viel Sex.

»Zwei gesunde Hände und eine große Fantasie«, meinte er schmunzelnd.

»Na, da habe ich mir ja einen besonderen Fisch geangelt.«

Er war geil und wollte mehr. Vorsichtig legte er die Hand auf ihre Hüfte. Die Wärme ihrer Haut erreichte seine Hand. Würde sie ihm Grenzen aufzeigen oder ihn gewähren lassen? Er war gespannt. Es passierte nichts. Nun wurde er mutiger und seine Hand suchte sich den Weg in ihre Jeans. Sein Atem stockte.

Sie grinste ihn an. »Du spürst richtig.«

»Ein String?«, fragte er überrascht.

»Ja, es fühlt sich so schön verdorben an. Es zwickt zwar und ist total unbequem, aber so herrlich erotisch. Mit meinem Mann läuft nichts mehr und wenn ich diese sündige Wäsche trage, dann fühle ich mich so was von erotisch und kann meine Fantasien im Kopf ausleben. Ich mag es gern etwas härter. Gern lasse ich mich auch mal schlagen, aber es ist schwer bis unmöglich, einen Mann zu finden, der meine speziellen Wünsche erfüllt«, seufzte sie.

»Etwas härter? So so«, war seine knappe Antwort.

Schweigend gingen sie weiter. Ihre Ausführungen ließen sein Blut kochen. Auch er hatte eine Schwäche für diese Art von Sex. Oft träumte er von einer Frau, die er dominieren konnte.

»Wie sieht es mit Rollenspielen aus?«, fragte er nach Minuten des Schweigens.

»Finde ich geil. Wobei ich mich wirklich frage, warum ich dir das alles erzähle. Wir kennen uns gerade mal eine halbe Stunde und ich erzähle dir total intime Dinge, schon komisch.«

»Gibt es denn in deinem Umfeld keinen Typen, der es dir macht?«

»Charles, wo lebst du? Wenn ich mit meinem Mann mal ausgehe, dann zu Empfängen von Ärzten oder anderen reichen Leuten, die meist weit über sechzig sind, da läuft nichts mehr im Bett, außerdem muss ich dem Mann auch vertrauen. Nicht jeder darf mich schlagen.«

Bei ihren Worten wurde er noch geiler. Insgeheim hatte er auf diese Antwort gehofft. Sie waren nur noch wenige Meter von seiner Parzelle entfernt. Langsam wanderte seine Hand über ihre Arschbacken.

»Wenn ich jetzt Stopp sag, zwingst du mich dann, es dir zu besorgen?« Ihre Hand wanderte in seinen Schritt und ihre Zunge zu seinem Ohr. »Wir sind allein, du könntest mich benutzen und keiner würde es merken.«

Jetzt standen sie auf Höhe seiner Gartenpforte. Charles nahm ihr die Leine aus der Hand, legte sie über seinen Gartenzaun und zog Frauke mit glänzenden Augen in seinen Garten. Willig folgte sie ihm. Nachdem sie die Gartenhütte betreten hatten, schob er sie sofort zum Bett. Frauke hob ihm billig ihren Arsch entgegen. Er fasste ihr lüstern von hinten zwischen die

Beine und öffnete die Knöpfe ihrer Jeans. Nur Sekunden später spürte er den nassen Stoff ihres Strings. Hastig zog er ihr die Jeans runter und schlug ihr brutal auf den Arsch.

Frauke presste die Zähne aufeinander und pfiff durch den Mund. Als Charles seine Hose öffnete, sprang ihr sein Dolch hart entgegen. Brutal griff er nach ihrem String und riss ihr den Stoff vom Körper. Das Kleidungsstück ging kaputt und schnitt sich tief in ihre Haut. Laut schrie sie auf.

»Stell dich nicht so an, du Hure.« Er packte sie am Nacken und drückte sie auf das Bett. In der Doggystellung präsentierte sie ihm ihren reifen Arsch. Sie bekam mehrere harte Schläge verpasst und bald färbte sich ihr Arsch rot. Sie versuchte, sich zu befreien.

»Halt still, du Miststück.«

Voller Freude stellte er fest, dass ihre Spalte mehr als nass war. Er zog die Vorhaut seines Schwanzes zurück und teilte mit zwei Fingern ihre klitschnasse Spalte. Dann rammte er ihr hart seinen Dolch rein.

»Ah, ist das geil!«, schrie sie seine Hütte zusammen.

Zum Glück war es noch früh. Wenn mehr los wäre, wären sie nicht lange ungestört geblieben. Brutal drückte er ihren Kopf weiter nach unten, während er sie hart nahm, benutzte ihren Körper mit energischen Beckenbewegungen. Begleitet wurde seine Penetration mit harten Schlägen auf ihren knackigen Arsch.

»Ich komme!«, brüllte sie.

Sie schrie wie am Spieß, als ihr Körper durch den Höhepunkt der Lust intensiv durchgeschüttelt wurde. Ihre Spalte begann zu schmatzen und zog sich zusammen.

Ihr Höhepunkt war geil. Rücksichtslos nahm er sie weiter. Seine Eier brodelten und er wollte sie weiter erniedrigen, indem er sie vollrotzte.

»Zieh ihn vorher raus, ich will nicht schwanger werden«, bat sie, sichtlich von ihrem Höhepunkt mitgenommen.

»Geil, ich mache dir ein Kind«, schrie er.

»Nein, du Arschloch.« Sie versuchte, sich aus ihrer misslichen Lage zu befreien.

Charles reagierte sofort und hielt sie mit Kraft in der für ihn erregenden Position. »Du kannst verschwinden, wenn ich dir unten was reingeschoben habe.« Mit ganzer Kraft bumste er sie weiter. Schweiß stand auf seiner Stirn.

Mit einem lauten Jubelschrei ergoss er sich in ihr. Es war kein Höhepunkt, sondern eine Offenbarung. Mindestens das Dreifache an Sperma pumpte er ihr unten rein. Dann ließ er zufrieden von ihr ab. Ihre komplette Möse war mit seinem Saft überzogen. Es sah geil aus.

Wie ein nasser Sack fiel Frauke auf die Seite. Ihr Atem ging schwer. »Boah, das habe ich gebraucht.«

»Jetzt hast du es bekommen.« Er grinste sie an.

Einige Minuten blieb sie so liegen, bevor sie aufstand. Charles reichte ihr eine Tasse Tee, den sie dankbar trank.

»Würdest du es mir weiter machen?«, fragte sie.

»Gern.«

»Geil, du bist aber auch ein kleiner Dominator. Mein Arsch tut höllisch weh.«

»Dreh dich mal um.«

Sie tat es. Ihr Arsch glühte und war knallrot. Er griff zu einer Feuchtigkeitscreme und rieb ihre Kiste ein. Lustvoll stöhnte sie.

Nach einer weiteren halben Stunde verabschiedete sie sich von ihm.

***

Zwei Tage bereitete er sich vor. Was sie wollte, war ziemlich ausgefallen. Schon oft hatte er von Frauen gehört, die diese spezielle Fantasie hatten, aber noch nie hatte er eine

Frau kennengelernt, die ihren Wunsch so klar und deutlich formulierte. Er musste zugeben, dass er im ersten Augenblick ein wenig geschockt gewesen war, aber je länger er darüber nachdachte, umso mehr erregte ihn der Gedanke an die Dominanz, die er auf Wunsch seiner reifen Lady an ihr ausleben sollte. Zur Vorbereitung verzichtete er darauf, sich zu erleichtern, was ihm zwar schwerfiel, aber für die Sache notwendig war. Auch verzichtete er darauf, sich zu rasieren. Er sollte verwegen aussehen und er war der Meinung, dass ein Dreitagebart hilfreich war, um die Rolle noch überzeugender zu spielen. Wie sollte er sich anziehen? Um sich von ihr abzuheben, kam ein Anzug in Betracht. Langsam fühlte er sich wie einer dieser schmierigen Bodyguards der bösen Kerle, wie sie in vielen Filmen vorkommen. Sie hatte ihm eintausend Euro in die Hand gedrückt, dafür konnte man schon perfekt sitzende Kleidung erwarten. Also bestellte er etwas Entsprechendes.

***

Am Dienstagabend stand Charles in schwarzem Anzug, weißem Hemd, roter Krawatte und schwarzen Lederschuhen vor dem Spiegel. Der sprießende Bart ließ ihn härter aussehen. Immer mehr fühlte er die Rolle, die ihm zugedacht war. Auf der kleinen Ablagefläche des Spiegels lag ein großes Messer mit scharfer Klinge. Es war noch unbenutzt und glänzte im Licht der untergehenden Sonne.

Es wurde Zeit. Er griff nach einem schwarzen Trenchcoat, den er auch extra für diesen Anlass gekauft hatte. Ein passender schwarzer Hut rundete sein Bild ab. Jetzt fühlte er sich wirklich wie ein mieser Ganove.

Als er auf die Straße trat, war es schon dunkel. Das Messer hatte er in die Brusttasche des Trenchcoats gesteckt. Charles ging los. Je näher er seinem Ziel kam, umso erregter wurde er.

Bald stand er vor einer großen Villa. Noch einmal atmete er tief durch. Es war kalt und er sah seinen eigenen Atem. Mit einer gewaltigen Latte in der Hose klingelte er.

Frauke öffnete ihm in einem blauen Bademantel und schaute ihn böse an. »Was wollen Sie?«, fragte sie unhöflich.

»Geld. Ist dein Mann da?«, fragte er genauso derbe.

»Nein, wenn Sie was von ihm wollen, dann kommen Sie in den nächsten Tagen wieder oder besuchen ihn im Krankenhaus.«

»Witzig.« Er schob sich an ihr vorbei und schaute sich im Eingangsbereich um.

»Haben Sie mich nicht verstanden? Er ist nicht da. Was wollen Sie überhaupt?«, fragte sie und schloss die Tür.

»Geld, dein Knacker schuldet mir zehntausend Euro und ich bin hier, um mir mein Geld zu holen.«

»So viel Geld habe ich nicht im Haus. Verschwinden Sie jetzt.«

»Das ist bedauerlich, dann musst du mir die Wartezeit verkürzen.«

»Gehen Sie.« Sie schlug den Kragen ihres Bademantels hoch und verschränkte die Arme.

Sie schützte ihren Körper, was Charles noch mehr erregte. Grinsend holte er das Messer hervor. Frauke schaute ängstlich auf die Klinge.

»Ab ins Schlafzimmer«, befahl er und lachte dreckig.

»Sonst geht es Ihnen noch gut«, wehrte sie sich.

Er packte sie am Arm und zog sie in den großen Raum, in dessen Mitte ein großes Bett stand. »Los, runter mit dem Mantel!«, befahl er.

»Nein.«

»Wie du willst.« Er zog sie an sich und öffnete den Bademantel. Sie hatte sich wirklich hübsch gemacht. Ein weißer

BH mit Spitze und ein kleiner String, der nur ihre Spalte bedeckte, kamen zum Vorschein.

»Jetzt hast du genug geglotzt, du unverschämter Kerl.«

»Davon kannst du mal weiter träumen.« Er schubste sie gegen das Bett. »Beine breit!«, befahl er in einem knallharten Ton.

»Du perverses Schwein!«

Er zog seinen Mantel aus und ging auf sie zu. Die Klinge auf ihren Körper gerichtet, sagte er: »Ich an deiner Stelle würde mal einen Gang zurückschalten.«

Ihr Körper zuckte zusammen. Ihr String war im Schritt nass, ein feuchter Fleck zeigte ihre Lust. Nun drückte er die kalte Stahlklinge unter den String. Ihr Unterleib zuckte. Grinsend schnitt er den dünnen Stoff durch. Nun war sie untenrum nackt und ungeschützt. Als Nächstes fuhr er mit der Messerspitze zu ihrem BH und schnitt ihn in der Mitte durch. Der Stoff fiel zu Boden. Ihre vollen Titten sackten gleich einige Zentimeter herunter.

»Jetzt zufrieden? Nun kannst du ja gehen.«

»Du bist lustig.« Er öffnete seine Hose und zeigte ihr seinen Schwanz. »Knie dich hin und mach es mir mit dem Mund.«

»Ich will das nicht.«

Wieder nahm er das Messer und drückte die Spitze vorsichtig gegen ihre steinharten Nippel.

Jetzt müsste sie einen leichten Schmerz verspüren, und das tat sie auch. »Ist ja gut.« Sie kniete sich hin und nahm seinen Hobel in den Mund.

»Ah, das ist gut, es geht aber noch besser.« Er fuhr mit dem Messer durch ihre Haare und schnitt ihr eine Strähne ab. »Streng dich an, Schlampe.«

Frauke legte los und gab sich große Mühe. Mit ihren Lippen umschloss sie seine harte Eichel und saugte seine Lust auf. Mehrere Minuten machte sie es ihm mit dem Mund.

»Genug von dem Vorspiel. Jetzt wird gebumst.« Er zog sie an den Haaren hoch. Ihre Gesichter trennten nur noch wenige Millimeter. Gierig küsste er sie. Sie verzog das Gesicht. Doch als er ihr das Messer an die Wange hielt, verwandelte sie sich von einer trotzigen Frau zu einer willigen Gespielin.

Nachdem er sie weiter dominiert hatte, schubste er sie aufs Bett. »Jetzt fick ich dich!«

Schnell war er ausgezogen. Sie lag breitbeinig auf dem Bett. Mit dem Messer in der Hand legte er sich auf sie. »Du weißt ja, mach schön mit, sonst geht es dir dreckig.«

Noch nie hatte er eine Frau so behandelt, aber es war geil. Der Gedanke, dass sie unfreiwillig mit ihm ins Bett ging und er sie ohne Druck nie hätte nehmen können, war ein Lustfaktor, der bei ihm extrem wirkte. Er schob sich zwischen ihre Beine und drückte ihr seinen Muskel tief in die Fotze. Rücksichtslos nahm er sie. Er presste ihr die Lippen auf den Mund, biss ihr in die Lippe und küsste sich weiter zu ihren Titten voran. Ohne Vorwarnung begann er, an ihren harten Zitzen zu knabbern, biss hart zu. Sie schrie laut auf, aber er vögelte sie hart weiter.

»So, hier bin ich fertig. Jetzt reite mich.«

Er legte sich mit seinem steinharten Stab auf das Bett und grinste sie an. Mit abfälligem Gesichtsausdruck setzte sie sich auf sein Becken. Sie zickte herum und schaute böse auf seinen Schwanz.

»Mir dauert das zu lange.« Er packte sie am Hals, zog sie auf seinen Speer und drang tief in sie ein. »Jetzt reite schön.«

Sie tat es. Seine Lust kochte. Er griff nach ihren Schenkeln und zwickte ihre Haut. Ihr Körper zuckte zusammen. Er versuchte, seine Lust zu kontrollieren, auch wenn es ihm schwerfiel. Gern wäre er jetzt gekommen, aber noch war ihr Spiel nicht zu Ende. Er schubste sie von sich herunter und verpasste ihr eine schallende Ohrfeige. Dann stand er auf und zog sie an sich. Er kniete sich vor sie und zwickte ihr in die Perle.

Sie lag rücklings auf dem Bett, ihre Beine drückten sich gegen seine Brust.

Hart nahm er sie. »Wenn du weiter so geil mitmachst, dann fick ich dich noch in den Arsch.« Er lachte hämisch.

Ihre Lust schien grenzenlos zu sein. Wie eine sprudelnde Quelle schleimte ihre Spalte. Ihre knüppelharten Nippel waren ein weiteres Indiz für ihre Lust. Sie war knallrot im Gesicht. Das Feuer der Lust brannte lichterloh in ihr. Nur an sich denkend, knallte er ihren Körper.

»Meine Güte, ist das geil!«, schrie sie. Ihr Körper zitterte. Gänsehaut legte sich über ihren ganzen Körper und ihr Oberkörper verformte sich. »Ich verglühe!«, flüsterte sie und sackte auf dem Bett zusammen.

Schwer rang sie nach Atem, ihre Gesichtsröte wechselte von rot zu knallrot. Speichel lief ihr über den Hals.

»Zufrieden?«, fragte er hämisch.

»Das war so unfassbar geil, aber du bist ja noch nicht fertig.«

»Macht nichts.«

»Wie meinst du das?«

»Für heute machen wir Pause. Ich schlafe bei dir und mache mir Gedanken, wie das Spiel weitergeht.«

»Das ist ein Wort. Ich muss dringend ins Bad. Es war schön, wie du mich gequält hast. So einen Mann wie dich habe ich lange gesucht.«

Mit einem Schlag auf ihren knackigen Arsch entließ er sie, schaute ihr aber noch voller Lust hinterher. Die Machtspiele machten ihn supergeil und sein Samen kochte immer noch. Er hätte in ihr kommen sollen.

Doch Geilheit macht erfinderisch. Er schaute sich um und erblickte etwas Ansprechendes. Mit einer brennenden Kerze in der Hand folgte er ihr ins Bad.

Frauke stand nackt im Bad vor einem großen Spiegel. Ihre Titten hingen leicht, was ihn noch mehr aufgeilte.

»Schatz, wir haben doch Licht. Was willst du mit der Kerze?«

Er stellte sich hinter sie und packte ihren Arm. Mit Kraft drückte er ihr die Hand auf den Rücken.

»Du tust mir weh«, maulte sie ihn an.

Grinsend hielt er ihr die Flamme zwischen die Beine. »Schon mal eine geröstete Muschi gesehen?«, fragte er und drückte seinen harten Schwanz gegen ihre Arschbacken.

»Was soll das? Wir haben das Spiel für heute beendet.«

»Stimmt, ich will aber Geld, und zwar jetzt.« Er hielt ihr die Flamme direkt an die Spalte und sie kreischte laut, als sie die Hitze der Flamme an ihren Schamlippen spürte.

»Und?«, fragte er weiter.

»Ist ja gut. In meinem Nachttisch ist eine Handtasche, dort sind zehntausend Euro drin. Du kannst dir das Geld holen.«

»Na also, geht doch.«

Für einen Augenblick sah es so aus, als würde er von ihr ablassen, aber das war nur ein Täuschungsmanöver. Er drückte ihren Arm, den er ihr auf den Rücken gedreht hatte, nach oben. Dadurch musste sie sich nach vorn bücken.

»Ah, du willst mir deinen Arsch zeigen. Mir soll es recht sein. Röste ich halt deine Rosette.«

»Nein, bitte nicht. Das tut so weh«, flehte sie.

Inzwischen berauschte ihn die Macht, die sie ihm schenkte. Immer dichter schob er ihr die brennende Kerze an den Arsch. Sie verlagerte das Gewicht von einem Bein auf das andere Bein.

»Na, ist dir langsam warm?« Er grinste sie frech an.

»Du perverses Schwein.«

Er fasste ihr an die Perle, aus der ihre Lust nur so heraustropfte. »Gut, dir ist warm genug, dann mache ich es dir anders.«

Er pustete die Kerze aus und rammte ihr die lange dünne Wachsstange in den Arsch. Trocken. Sie schrie laut auf. Während er das Wachs hin und her schob, wimmerte und jammerte sie laut.

»Du machst mich geil«, flüsterte er ihr ins Ohr und steckte ihr die Stange tief in den Arsch. Mit der freien Hand drückte er seinen harten Schwanz gegen ihre nasse Spalte. »Jetzt fick ich dich in zwei Löcher«, jubelte er.

Hart rammte er ihr seinen Muskel in die Fotze. Schon bei seinem ersten Stoß begann ihr Liebeshügel zu schmatzen.

»Mach es mir«, säuselte sie erregt.

Ein wenig tat sie ihm ja leid, aber sie wollte es, und so bekam sie es auch. Durch den Spiegel konnte er ihr gequältes Gesicht sehen, was ihn noch mehr aufgeilte. Mit der Hand bewegte er die Kerze in ihrem Arsch. Mal schob er ihr die Stange etwas tiefer hinein, mal zog er sie etwas aus ihrem Hintern heraus. Immer wenn sich ihr Gesicht dann etwas entspannte, quälte er sie wieder intensiver. Ihre Qual war seiner Lust mehr als zuträglich. Ihre Nippel waren steinhart.

Mehrere Minuten nahm er sie so. Der Saft in seinen Eiern kochte und wollte raus.

»Ich würde jetzt schön mitmachen. Wenn das Wachs erst einmal deine Körpertemperatur erreicht hat, dann wird es flüssig und du hast noch mehr Spaß in deinem heißen Arsch.«

»Was?«, brüllte sie.

Mit der Hand fasste er ihr von hinten an die Spalte und kniff ihr frech in die Schamlippen. »Was ist jetzt? Mach mit und bedanke dich bei mir«, demütigte er sie voller Freude weiter.

»Ah, ist das schön. Ich mag es, wenn du mich hart vögelst. Ein Traum wurde wahr.«

An ihren Augen sah er deutlich, dass sie das nicht ernst meinte und es nur sagte, damit er fertig wurde. Charles war fasziniert von seiner Macht. Weiter und weiter bumste er sie mit seinem Schwanz, während er mit der Hand die Kerze in ihrem Arsch steuerte.

»Mach es mir. Es ist so schön. Gib mir bitte deinen Samen, ich schluck auch.«

»Das hättest du wohl gern? Ich schmiere dich von hinten. Hoffentlich kann ich dich dick machen. Wäre doch geil, wenn wir dich so dick bumsen. Macht sich bestimmt gut, wenn ich dir ein Kind zeuge, während du mir ausgeliefert bist und ich mich an deiner Qual aufgeile. Los sag was!«

»Ja, es ist wunderschön. Ich will von dir geschwängert werden. Es gibt nichts Schöneres. Bitte, mach mich dick.«

Er konnte sich nicht mehr kontrollieren und kam mit einem lauten Schrei.

Frauke schrie spitz auf, als sie seinen warmen Samen spürte. Wie ein Hund, der aus dem Wasser kommt, schüttelte sich ihr Körper. Mit geschlossenen Augen seufzte sie. Ihren Lauten nach zu urteilen, brachte sie gerade ein Kind zur Welt. Völlig erschöpft verkrampften sich ihre Finger am Waschbecken.

Charles pumpte ihr alles rein, was er hatte. Er wunderte sich selbst, wie viel Samen er ihr unten reingepumpt hatte.

»Du machst mich so fertig.«

Frauke schaute an sich herunter. Große Tropfen Samen klatschten auf den Boden. Ihr Arsch brannte wie Feuer, aber sie sah mehr als zufrieden aus. Grinsend drehte sie sich um. »Du bist etwas ganz Besonderes. Danke.« Zärtlich küsste sie ihn auf den Mund.

»Wie war es?«, fragte er.

»Mein Arsch ist offen, unten laufe ich aus und mein Arm tut weh. Gibt es etwas Schöneres? Nein. Jetzt muss ich aber schlafen. Bleibst du heute Nacht bei mir?«

»Natürlich.«

Wenige Minuten später kuschelte sie sich in seine Arme. »Das Geld kannst du dir gern nehmen. Besondere Leistungen müssen auch besonders entlohnt werden.«

ICH WILL GERITTEN WERDEN

Susan freute sich, mit ihrem Mann und ihrem Sohn einige Tage in den Bergen zu verbringen. Endlich kam sie mal wieder raus, aber ein wenig Wehmut war auch dabei. In ihrer Firma trug sie zu gern kurze Miniröcke und genoss die sündigen Blicke der Kerle. Sie war nun seit mehr als zehn Jahren verheiratet und ihr neunjähriger Sohn Felix war ihr ganzer Stolz. Sie hatte ihn spät bekommen, mit Mitte dreißig.

Auch mit vierundvierzig Jahren war sie eine attraktive Frau und stand in der Blüte ihres Lebens. Mit sich und der Welt zufrieden, wirkte sie auf die Männerwelt immer anziehender. Die Komplimente ihrer Kollegen waren eine schöne Bestätigung für ihr bezauberndes Aussehen. Früher war sie ein Mauerblümchen gewesen, jetzt liebte sie es, im Mittelpunkt zu stehen. Auch ihre Kleidung passte sie ihrem Lebensgefühl an. Gern trug sie kurze Kleider und dazu eine herrlich eng anliegende durchsichtige Strumpfhose. Mit ihren Schenkeln war sie sehr zufrieden. Sie waren fantastisch geformt. Stabil, aber nicht dick. Mit ihren Möpsen dagegen war sie alles andere als zufrieden. Sie waren klein. Wenn sie einen BH kaufen ging, musste sie immer nach fünfundsiebzig B schauen. An sich war das kein Problem, aber sie war heiß und mit etwas größeren Titten wäre sie noch attraktiver gewesen. All das ging ihr bei der Reise mit dem Zug in die Berge durch den Kopf. Ihr Sohn las in einem Buch und ihr Mann döste vor sich hin.

Sie dachte an die ersten Wochen mit ihrem Mann Rolf zurück. Sogar auf der Zugtoilette hatten sie es getrieben. Doch die Zeiten waren vorbei. Manchmal fummelten sie noch und dafür, dass sie so lange zusammen waren, trieben sie es immer noch regelmäßig, aber es wurde eintönig. Immer dieselben Stellungen und immer die gleiche Geschwindigkeit, in der er sie nahm. Beschweren konnte sie sich nicht, aber es brannte halt keine Lust mehr zwischen ihrem Mann und ihr. Doch in diesem Urlaub sollte es anders werden. Heimlich hatte sie sich sündige Wäsche bestellt. Mit den Fummeln würde sie ihren Mann wieder zu dem Stier machen, der er im Bett gewesen war und in den sie sich verliebt hatte.

Nach der Ankunft am Bahnhof ging es gleich ins Hotel.

»So, meine Lieben. Was machen wir heute noch?«, fragte sie ihre Männer.

»Nichts, wir schauen noch etwas fern«, antwortete ihr Mann.

»Das Wetter ist so schön. Wenn ihr nicht wollt, dann leihe ich mir ein Mountainbike aus und fahre ein bisschen rum.«

»Mach das, mein Schatz«, antwortete ihr Mann.

»Gut, dann ziehe ich mich um.« Susan war etwas enttäuscht von der Reaktion ihres Mannes, doch sie wollte raus und mal wieder etwas für sich tun.

Es war kurz nach drei Uhr am Nachmittag, als sie sich auf das Fahrrad setzte. Sie nutzte das schöne Wetter und tobte sich aus.

Bald wurde sie durstig und machte in einem kleinen Gasthof halt. Hunger hatte sie auch und so bestellte sie sich eine Brotzeit. Als das große Tablett mit dem Essen serviert wurde, staunte sie nicht schlecht. Von der Menge wären drei Personen satt geworden.

»Entschuldigen Sie, aber ich kenne Sie doch. Susan Berg.«

Neugierig drehte sie sich um. »Sascha!«

»Ja, das ist ja eine Überraschung.«

»Was machst du hier?«, fragte sie neugierig.

»Ich besuche meine Oma und gönne mir einige freie Tage, bevor die Schule wieder anfängt. Wie ich sehe, bist du auch mit dem Fahrrad unterwegs«, stellte er fest.

»Ja, jetzt wollte ich mir kurz was zu essen holen, aber das hier übersteigt meinen Appetit um das Vielfache.«

»Sieht gut aus«, meinte er mit einem schmachtenden Blick.

»Ja, du kannst mitessen«, sagte sie lachend. Sie freute sich sehr, Sascha zu sehen. Er absolvierte ein vierwöchiges Praktikum in ihrer Firma. Von Anfang an hatten sie sich gut verstanden. Er flirtete sie sogar an und sie stieg darauf ein. An manchen Tagen machte sie sich heimlich extra für ihn hübsch. Wenn er auf ihre bestrumpften Beine schaute, fühlte sie manchmal dieses scharfe Kribbeln der Lust in ihr. Dass sie sich hier trafen, war ein glücklicher Zufall.

»Seit wann seid ihr hier?«, fragte Sascha.

»Heute angekommen. Ich wollte ein wenig die Gegend erkunden.«

»Das ist ja klasse. Wenn du etwas Zeit hast, dann zeige ich dir einen tollen See. Dort musst du mit deinem Mann und deinem Sohn unbedingt hin. Liegt etwas abseits, ist aber total schön. Vor allem nicht so frequentiert von Touristen. Darf ich dir den Ort zeigen?« Er schaute sie aus seinen grünen Augen mit seinem Hundeblick an.

Warum eigentlich nicht? »Ja, machen wir.«

»Klar, lass uns essen, dann fahren wir los.«

***

Eine halbe Stunde später fuhren sie durch die grünen Wälder der Berge. Die Sonne schien vom Himmel und bald schon begann Susan zu schwitzen. Es war Juli und der warme Himmelskörper brannte immer erbarmungsloser vom Himmel.

»In fünf Minuten sind wir am See«, rief er ihr zu.

»Wird auch Zeit«, antwortete sie leicht erschöpft.

Kurz darauf erreichten sie den See – wunderschön und total abgelegen.

Sascha nahm seinen Helm ab und lächelte sie an.

Die Schönheit des Ortes berührte sie sehr. Klares Wasser, gesunde Bäume und ein herrlicher Ausblick. »Das ist traumhaft schön«, sagte Susan begeistert.

»Finde ich auch, aber jetzt ist es noch schöner im Wasser.« Lachend begann er, sich auszuziehen.

Kurz darauf rannte er in Boxershorts ins Wasser. »Komm rein, es ist herrlich!«, versuchte er, sie ebenfalls in den See zu locken.

»Ich habe doch keinen Bikini dabei«, antwortete sie.

»Dann halt in Unterwäsche. Ich schaue dir nichts weg und deine Schenkel habe ich schon gesehen.«

Sie grinste bei seinen Worten. So war ihr Praktikant – immer einen schönen Spruch auf den Lippen. Sie setzte sich auf das warme Moos und schaute ihm zu. Warum sollte sie nicht zu ihm ins Wasser gehen? Ihr Körper schwitzte und fühlte sich klamm an. Doch sollte sie sich halb nackt zeigen? Kurz entschlossen warf sie ihre Bedenken über Bord und zog sich aus. Ein wenig genierte sie sich schon in ihrer gelben Unterwäsche. Der BH ging ja noch, aber untenrum trug sie nur ein Pantyhöschen, das auch noch so ausgeschnitten war, dass es nur ihre Perle bedeckte. Aber jetzt einen Rückzieher zu machen, kam für sie nicht infrage.

Bald war sie bis auf die Wäsche ausgezogen und rannte zu ihm ins Wasser. Das Nass war herrlich kühl. Sie planschten miteinander, die Stimmung war ausgelassen.

Nach einiger Zeit verließen sie das Wasser.

»Was machen wir jetzt?«, fragte sie und deutete auf ihre nasse Unterwäsche.

»Was schon? Ausziehen!« Sascha zog sich seine Boxershorts aus.

Susan schluckte. Sein Schwanz war riesig. »Und ich?«, fragte sie leise.

»Zieh dich auch aus. Ich schaue dir nichts weg. Vielleicht wichs ich aber«, sagte er grinsend.

Meinte er das ernst? Nein, das konnte nicht sein. Sie passte doch gar nicht in sein Beuteschema. »Ich ziehe mich aus, du darfst mir aber nicht unter den Bauchnabel schauen«, versuchte sie, die Fronten zwischen ihnen zu klären.

»Natürlich nicht, aber ich bin auf deine Vorhöfe gespannt. Ich denke, sie sind klein, ebenso deine Nippel.«

»Du redest, als hättest du dir beim Wichsen vorgestellt, mich zu vögeln.«

Er reagierte nicht, sondern schloss die Augen.

Ein wenig schämte sie sich schon, als sie den BH ablegte. Doch es wurde etwas kühl mit der nassen Kleidung am Leib. Kurz hielt sie inne, aber das Höschen musste runter, also zog sie sich aus und schaute immer wieder zu ihrem jungen Begleiter.

»Bist du schon nackt? Ich will gern wichsen und dir auf die Titten schauen.«

Kurz war sie erschrocken über seine Offenheit, aber besser so, als wenn er seinen Sehnsüchten heimlich nachging. »Kannst glotzen, aber nicht untenrum.« Sie war auf seine Reaktion gespannt.

Und diese fiel eindeutig aus. Als er die Augen öffnete und ihre kleinen Hügel sah, zuckte sein Schwanz wie verrückt. Nur Sekunden später stand sein Rohr – und es war gigantisch.

Susan legte sich neben ihren Begleiter. Immer wieder schaute sie fasziniert auf seinen Riemen. Sie hatte schon immer auf große Schwänze gestanden. Zwar sagte man, dass die Größe nicht das entscheidende Kriterium für guten Sex sei, aber sie liebte es, wenn sie gedehnt wurde.

»Wenn du mir weiter auf den Schwanz glotzt, dann bestehe ich darauf, an deinen Nippeln zu spielen«, flirtete er weiter mit ihr.

»Du bist unmöglich.«

Sascha drehte sich zu ihr um. Seine Blicke gierten nach ihrer Brust.

Sie zeigte sich gern, aber hier war sie ungeschützt. Trotzdem störte sie seine Geilheit nicht.

Sein Stab wurde immer größer. »Ich werde jetzt schön an mir rumspielen und mir vorstellen, wie ich dich geil knalle. Du bist eine tolle Stute.«

»Nein, das geht doch nicht.« Sie schaute ihn an und sah, dass es keine leeren Worte von ihm waren. Lüstern leckte er sich mit der Zunge über die Lippen und starrte auf ihre Brust.

»Meine Güte, dann fass sie halt an«, gab sie nach. Insgeheim freute sie sich auf seine Berührungen. Doch zeigen wollte sie es nicht. Immerhin war sie in einer Beziehung, einer Ehe, und hatte ein Kind.

Ganz vorsichtig berührte er ihre Brust und seufzte leise. Mit der freien Hand schob er seine Vorhaut vor und zurück. Sein Hobel glänzte vor Lust. Dass sie das Objekt seiner Gier war, stieß sie ab und erregte sie zugleich. Wieder dachte sie an die wilden Zeiten mit ihrem Mann zurück. Meine Güte, was hatten sie miteinander gevögelt. Überall hatte er sie genommen, schmutzig und verdorben war ihr Sex gewesen.

Saschas harter Muskel faszinierte sie. Das Feuer der Lust brannte lichterloh in ihr. Als wäre ein Feuer zwischen ihren Beinen entfacht, wurde das Zentrum ihrer Lust gnadenlos erhitzt.

Zwei Minuten später glühte ihre Perle. Der Riemen war mindestens fünfundzwanzig Zentimeter lang, vielleicht sogar ein oder zwei Zentimeter länger. Dick war seine Gurke auch. Vier Zentimeter? Fünf? Vielleicht sogar sechs!

»Wie lang ist er?«, fragte sie zögerlich.

»Siebenundzwanzig Zentimeter. Ziemlich geil, was?«

Ja, sein Stab war geil und sie auch. Ohne auf seine provokante Frage zu antworten, griff sie zu. Sein warmes Fleisch zuckte in ihrer Hand.

»Das habe ich mir so lange gewünscht. Wichs mich, bevor ich dich gnadenlos ficke.«

Schmutzig und derbe war sein Wunsch und doch so erregend. Kurz entschlossen setzte sie sich auf seinen Schoß und versenkte seinen Speer in ihrer Spalte. Sascha starrte sie mit großen Augen an.

Kurz verdrehte sie die Augen, der Fremdkörper in ihr füllte sie total aus. »Nicht ficken, ich wollte ihn nur mal spüren«, hauchte sie. Leicht drückte sie ihren Rücken durch.

Doch es war zu spät. Sein Stab zuckte und pumpte seinen Samen in ihren Leib. Die Adern seines Stabes waren unfassbar dick, sie spürte jede seiner pumpenden Bewegungen so intensiv wie nie zuvor.

Einige Sekunden lang war sie unfähig, zu reagieren. Doch sie hatte Familie. Hastig stand sie auf und schaute entsetzt zwischen ihre Beine. Weiße dicke Tropfen der Lust klatschten auf seinen Leib. »Ich habe dir doch gesagt, du sollst nicht kommen!«

Sascha stand auf und rannte zum See.

Sie brauchte einige Minuten, um sich zu beruhigen. Sie hatte schon davon gehört, dass Männer kamen, ohne dass sie sich bewegten, hatte das bisher aber immer für ein Gerücht gehalten. Doch sie fühlte sich auch geschmeichelt. Er begehrte sie und welche Frau mochte das nicht?

Sie ging zu ihm. »Was ist los?«, fragte sie.

»Nichts«, war seine trotzige Antwort.

Einige Sekunden starrten sie auf das Wasser. Eigentlich müsste sie stinksauer sein, aber sie fühlte keine Wut in sich.

»Mit wie vielen Frauen hast du bisher geschlafen?«

»Na ja, also wenn man Nutten dazuzählt, dann waren es wenig«, meinte er seufzend.

»Wie viele?«, fragte sie mit scharfer Stimme nach.

»Du bist die Erste. Es tut mir leid. Es war so schön warm und du bist so toll.«

Mit großen Augen schaute sie ihn an. Vor mehr als zwanzig Jahren hatte sie den letzten Typen entjungfert. Dass sie das noch einmal erleben würde, hätte sie sich nicht mal im Traum vorgestellt. Nun war es aber so.

Sie schaute grinsend zur Uhr. »Hör zu. Ich habe noch zwei Stunden, dann muss ich zurück. Genug Zeit, um zu üben.«

»Wie bitte?«, stotterte er.

»Einhundertzwanzig Minuten, in denen ich dir zeigen kann, was eine Frau will.« Sie reichte ihm die Hand und sie gingen wieder zu ihrem Rastplatz. »Du hast mich vielleicht geschmiert«, hauchte sie ihm ins Ohr.

»Bist halt geil«, fand er seine Sprache wieder.

»Und dein Wichsobjekt.«

Beide lachten laut los. Ja, sie war verheiratet, aber sie war auch eine Frau, die Lust verspürte. Susan hatte die Situation unter Kontrolle. Im Schneidersitz setzte sie sich auf eine der zwei Decken. Ihr junger Verehrer tat es ihr nach und setzte sich ihr gegenüber.

»Dann wollen wir mal. Wenn ich deinen Rüssel sehe, müssen wir uns darum erst einmal nicht kümmern.«

Mit diesen Worten griff sie nach seiner Hand und führte sie zu ihrer Brust. Sie legte seine Finger auf ihre kleinen Titten. »Ich weiß, sie sind nicht besonders groß, aber sehr empfindlich. Streichle mich, aber bitte behutsam.«

Wie sie es ihm gesagt hatte, erkundeten seine Finger ihre Möpse. Schnell wurden ihre Nippel hart und sie stöhnte leicht.

»Traust du dir auch zu, meine Vagina zu liebkosen?«

»Vagina ist gut. Deine reife Fotze trifft es wohl eher.«
Sie lachte. »Du Schuft!«

Langsam wanderten seine Finger über ihren Bauch zu ihrer Liebesspalte. Mit der Spitze seines Zeigefingers streichelte er ihre nassen und schleimigen Lippen. Er machte es wirklich gut. Die Mischung aus Neugier und Schüchternheit war ein heißer Cocktail der Lust. Sie spreizte die Beine noch ein Stück weiter und drückte ihren Unterleib gegen seine Finger. »Kannst mir gern den Zeigefinger unten reinstecken.«

Kaum hatte sie ihm auch diese Freiheit gewährt, nutzte er sie. Zärtlich steckte er ihr seinen Finger in die Liebesgrotte. Als würde er eine Höhle vermessen, erkundete er behutsam ihren Körper.

Seine Vorsicht machte sie total geil. Keinen Millimeter ließ er aus. Ihre Lust wurde immer größer.

»Du läufst gerade aus.«

»Das ist deine Schuld«, sagte sie, seufzend vor Lust.

Sascha machte weiter. Bald sah sie die Welle der Befriedigung auf sich zukommen. Seine Berührungen waren traumhaft schön.

»Mein Kitzler ist schon ganz hart«, stöhnte sie.

Wie aus dem Nichts steckte er ihr auch den Mittelfinger in den Körper. Dabei drückte sein Daumen auf ihren Kitzler.

Die Berührungen ließen sie explodieren. Es war kein Höhepunkt, es war ein Vulkanausbruch der Lust. Voller Emotionen schnappte sie nach Luft. Der Gipfel der Lust war unfassbar schön gewesen, fast verschlug es ihr den Atem. »Kurze Pause, mein junger Stier«, flüsterte sie.

Erschöpft legte sie sich auf den Rücken. Es war so toll! Kurz überlegte sie, wann sie zuletzt so intensiv gekommen war. Es war lange her.

Doch ihr gieriger Begleiter ließ ihr nicht lange Zeit. Mit der Zunge begann er, an ihren Nippeln zu lutschen.

Sie stöhnte lustvoll. »Was machst du mit mir?«

Er war wirklich gut. Vielleicht etwas ungelenk, aber das machte er mit seiner flinken Zunge wieder wett. Warm und rau fühlte sich sein Geschmacksorgan an. Doch viel intensiver nahm sie seine Gier wahr. Er verwöhnte sie voller Hingabe.

»Ich werde dich jetzt langsam wichsen. Wir üben, und wenn du nicht kommst, dann habe ich noch eine süße Überraschung für dich«, flüsterte sie. Schon packte ihre Hand seinen riesigen Schwanz. Langsam schob sie seine Vorhaut zurück und umspielte mit der Fingerkuppe seine freie Eichel. Lustvoll seufzte er.

»Nicht kommen, mein Schatz.«

»Es ist schwer.«

»Stell dir vor, ich wäre total unattraktiv.«

»Dafür schmecken deine Nippel einfach zu gut.«

»Der Punkt geht an dich, jetzt üben wir trockene Fickbewegungen. Leg dich zwischen meine Beine.«

Er tat es. Mit der Hand formte sie einen Ring. »Stell dir vor, es ist meine Liebeshöhle.«

Langsam bewegte er sich und schob seinen Rüssel in ihre Hand. »Ist das geil!«

»Langsam, Sascha.«

Er bewegte sich zärtlich. Die Tropfen der Lust machten aus ihrer trockenen Hand ein wahres Biotop. Nass war gar kein Ausdruck. Es war ein Rinnsal der Lust.

»Hast du nicht was von Trockenübung gesagt? Die Betonung liegt auf trocken«, flüsterte er ihr ins Ohr.

»Ja, da habe ich mich wohl getäuscht.«

»Darf ich mich an deiner Spalte reiben?«

»Du willst alles! Natürlich.« Sie löste ihre künstliche Vagina auf und drückte seinen Stab auf ihre nasse Spalte. Sie hatte Probleme, seinen Muskel unter Kontrolle zu bekommen, so stark war sein Riemen. Nachdem sie ihn gemäßigt hatte, bewegte er sein Becken und rieb mit dem Stab über ihren Körper. Es fühlte sich an, als würde eine Planierraupe einen kleinen Waldpfad verdichten. So ein Prachtexemplar von Schwanz hatte sie noch nie gesehen, geschweige denn gespürt. Weiter und weiter rieb er sich an ihrem Leib.

»Kannst du noch?«, fragte sie schon fast besorgt.

»Gib mir eine Pause, sonst schwimmst du gleich in meinem Saft.«

Sie ließ von ihm ab.

Schwer atmend legte er sich neben ihr auf die Decke. »Es ist unfassbar schön mit dir.«

»War mir klar, ich bin heiß.«

»Das habe ich schon in der Firma gemerkt. Als du an dem einen Tag den ultrakurzen blauen Rock getragen hast, habe ich dein weißes Höschen trotz der Strumpfhose gesehen. Ich habe sofort auf der Toilette gewichst. In meinen Träumen bist du eine verdorbene Milf, die so was von schwanzgeil ist, dass du mir jedes Mal an die Wäsche gehst, wenn wir uns sehen.«

»Und dann werde ich von dir gevögelt und finde es geil. Passt ja fast zur Realität, nur dass ich bald losmuss und ich dir noch eine Überraschung versprochen habe. Du darfst mich ficken, wie du es dir wünschst.«

»Darf ich auch in dir kommen?«

»Die Frage war klar. Du hast mich doch schon geschmiert. Natürlich kommst du in mir. Ich bestehe darauf.«

»Reite mich. Es war eben so schön.«

»Wie der Herr es wünscht.« Schon schwang sie sich auf seinen Schoß. Mit einem lustvollen Grinsen dirigierte sie seinen Stab zu ihrer Spalte. Sein Schwanz war jetzt noch größer, so kam es ihr zumindest vor. Die letzten Zentimeter hatte sie wirklich Probleme, seinen Speer aufzunehmen. Sie liebte den Dehnungsschmerz.

Bald darauf steckte er tief in ihrem Körper. Fast hatte sie das Gefühl, der harte Muskel würde ihren Leib spalten. Langsam und behutsam bewegte sie sich. Sascha sollte nicht zu früh kommen, er sollte sich an das Gefühl gewöhnen.

Seine Finger griffen nach ihrem Arsch und streichelten über ihre festen Backen. »Habe ich dir schon gesagt, dass du meine Wichsqueen bist?«

»Nein, aber danke für das Kompliment. Bleib ruhig, mein Stier. Ich weiß, du willst kommen. Zögere es noch etwas hinaus. Es wäre schade, wenn wir beim nächsten Mal wieder bei null anfangen würden.«

»Ich darf mehr. Du willst mich?«

Sie grinste. Der Satzbau war gruselig und etwas mehr hätte er schon sagen können, aber so verhielten sich Männer, wenn ihr ganzes Blut in ihrem Schwanz steckte.

Weiter ritt sie ihn und er hielt noch mehrere Minuten durch. Er quälte sich, doch damit war jetzt Schluss.

»Rotz mich voll, du süßer Schatz.« Sie gab alles und setzte ihre ganze Erfahrung ein.

Es dauerte nicht einmal zehn Sekunden und er schmierte sie, wie sie es selten zuvor erlebt hatte. Ein sündiger Höhepunkt war das Geschenk ihrer Mühe.

Verliebt schaute er sie an. »Das war die geilste Nachhilfestunde meines Lebens.«

»Und es war nicht die letzte.« Susan stand auf und schaute an sich herunter. Massen an Saft liefen an den Innenseiten ihrer Schenkel herunter. »Ich muss jetzt los. Hast du einen Stift?«

Er reichte ihr einen. Grinsend kniete sie sich vor ihn. »Auf den Arm kann jeder seine Nummer schreiben, aber ich will deinen Schwanz.« Sie verwöhnte ihn mit dem Mund und nach wenigen Sekunden hatte sie eine ausreichend große Fläche für ihre Nummer.

Kurz darauf verewigte sie sich auf seiner Haut. »Ruf mich an.«

»Wann fahrt ihr zurück?«

»In vier Tagen. Melde dich.«

»Darauf kannst du dich verlassen.«

Mit dem Fahrrad fuhr sie los. Es tat ihr wahnsinnig gut. Der Sex mit Sascha war geil gewesen und stärkte ihr Selbstvertrauen. Ja, es war vielleicht etwas schmutzig und auch sündig, aber diesen riesigen Schwanz konnte sie sich nicht entgehen lassen.

***

Die nächsten vier Tage spielte sie die brave Ehefrau, doch in der Nacht, wenn sie neben ihrem Mann lag, dachte sie an Sascha und seine Lust. Ihre Gier wurde immer größer und in ihren Gedanken liefen immer schmutzigere Filmchen ab. Mal war sie das schüchterne Hausmädchen, das mit ihrem Arbeitgeber schlafen musste, um den Job zu behalten, mal die billige Hure, die Druck von ihrem Zuhälter bekam und sich für zwanzig Euro in den Arsch ficken ließ. Das Feuer der Lust brannte lichterloh in ihr. Sie konnte es kaum erwarten, den Urlaub zu beenden. Immer schmutzigere Details fügten sich in ihrem Kopf zu einem derben Bild zusammen. Sascha zwang sie in sündiger Unterwäsche nachts durch die Straßen zu laufen. Sie fühlte sich benutzt und erniedrigt. Doch nachdem sie seine Probe bestanden hatte, fickte er sie und es war das, was sie brauchte und wollte.

Nach Jahren musste sie wieder Slipeinlagen tragen. Ihre Lust drückte sich durch Feuchtigkeit in ihrem Schritt aus. Besonders schlimm waren die Nächte. Immer derbere Träume fraßen sich in ihren Kopf. Sie musste nur an Sascha denken und schon spürte sie ein Pochen der Lust zwischen ihren Schenkeln.

***

Endlich war der Urlaub zu Ende. Am Abend vor ihrem ersten Arbeitstag rief sie Sascha an.

»Hallo, schöne Frau«, begrüßte er sie.

Schon als sie seine Stimme hörte, die so selbstsicher und erregt an ihr Ohr traf, kribbelte ihre Perle. »Sehen wir uns morgen?«, kam sie gleich zum Punkt.

»Gern. Es wird Zeit, der Druck ist ziemlich groß.«

»Du hast nicht an dir gespielt?«

»Nein.«

Massen an Eiweiß würde sie bekommen und darauf freute sie sich wahnsinnig. Kurz klärten sie die Details und schon war das Gespräch beendet. Susan stand kurz davor, sich einen ihrer frivolsten Träume zu erfüllen.

In dieser Nacht konnte sie kaum schlafen.

Als ihr Mann und ihr Sohn aus dem Haus waren, war es so weit. Sie griff tief in ihren Kleiderschrank und zauberte einen engen schwarzen Lederrock hervor. Vor zwanzig Jahren hatte sie das heiße Teil schon getragen. Als sie das Leder auf ihren Schenkeln spürte, bekam sie Gänsehaut. Obenrum trug sie einen weißen Kaschmirpullover. Gern hätte sie nichts getragen, aber sie musste noch zur Arbeit, bevor ihr heißer Traum wahr werden würde.

Der Weg zur Arbeit glich einem Spießrutenlauf. Es war Sommer und somit waren schon am frühen Morgen viele Menschen auf dem Weg zur Arbeit. Viele gingen zu Fuß oder fuhren mit dem Fahrrad. Sie erregte die Aufmerksamkeit der Kerle und es gefiel ihr.

Die Zeit im Büro verging überhaupt nicht. Plötzlich klingelte ihr Handy. Als sie das Bild öffnete, begann sie zu zittern. Sascha saß auf einem Bett und schickte ihr Bilder von seinem harten Schwanz. Im Hintergrund sah sie einen Bildschirm, über den SM-Streifen liefen. Sofort explodierte ihre Lust.

***

Endlich hatte sie Schluss. Auf der Toilette der Firma stylte sie sich um. Sie legte grelles Make-up auf, dazu zog sie ein transparentes schwarzes Oberteil an. Auf einen BH verzichtete sie. Um nicht zu freizügig durch die Stadt gehen zu müssen, hatte sie eine kurze gelbe Jeansjacke eingepackt.

Voll Lust und Erregung machte sie sich auf den Weg. Im Rotlichtviertel der Stadt kreuzten Nutten ihren Weg, Freier fuhren an ihr vorbei. Susan lebte jetzt ihren Traum.

Vor dem Eingang eines Stundenhotels blieb sie stehen. Das Wort »Loveroom« erstrahlte in Neonpink über dem Eingang des Hotels. Noch einmal atmete sie tief durch, dann betrat sie das sündige Gebäude. Es war schlimmer, als sie es sich vorgestellt hatte. Rote Plüschsessel, eine kleine Bar, an der einige Nutten saßen, und ein Portier, der sie lüstern anstarrte.

»Entschuldigen Sie. Ich wurde von einem Herrn auf Zimmer achtzehn bestellt.«

»Ja, das war so ein junger Kerl, der hatte ganz schön Druck und hat gleich den Pornokanal bestellt. Dann lass dich mal geil bumsen, so jung bist du ja nicht mehr. Der Typ hat Geld, hat mit einem Hunderteuroschein bezahlt.«

Der schmierige Mann hielt sie wirklich für eine Nutte. In ihren Innereien begannen ganze Ameisenkolonien zu erwachen. Tropfen der Lust liefen über ihre Schenkel.

Eine lange Treppe führte in die unterschiedlichen Stockwerke. Eine Nutte, die greller geschminkt war als die Buchstaben an der Hotelmauer und eine viel zu enge weiße Leggins trug, die ihren Arsch mehr zeigte als ihn bedeckte, kam ihr entgegen. Obenrum trug sie einen roten BH. In ihrem Gesicht hatte sie mindestens drei Kilo Schminke.

Susans Geilheit erreichte jetzt schon den Siedepunkt. Ihr Puls raste, als sie an die Zimmertür klopfte.

Die Tür wurde aufgerissen. Sascha stand völlig nackt mit einer gewaltigen Latte vor ihr. »Na endlich. Du kommst spät. Dein Zuhälter hat was von zehn Minuten gesagt, jetzt warte ich schon eine halbe Stunde. Natürlich bezahl ich weniger«, beschwerte er sich.

»Mein letzter Stecher hat so lange gebraucht. Er hatte einen winzigen Schwanz und ich musste die geile Schlampe spielen. Tut mir leid.«

»Mir egal. Zieh dich aus. Ich will sehen, was ich bestellt habe. Hoffentlich bist du noch nicht so ausgeleiert. In deinem Alter muss man ja damit rechnen.«

Es war doch derber, als sie es sich vorgestellt hatte. Während sie sich auszog, lief sie noch mehr aus. Als sie nackt vor ihm stand und er sie anschaute, fühlte sie sich wie ein Stück Fleisch.

Er schlug ihr auf den Arsch. »Dein Arsch hängt ja schon gewaltig. Mach mal die Beine breit, ich will mir nichts wegholen.«

»Hör zu. Mein Freund macht Stress. Zahl mir einfach fünfzig Euro und ich mach es dir.«

»Nicht so schnell.« Mit einem überheblichen Glitzern in den Augen griff er ihr an die Perle.

»Boah, da hängt ja schon alles. So abgegriffen, wie du bist, zahle ich maximal dreißig Euro, aber dafür will ich das ganze Programm.«

»Das ist Erpressung. Aber ich brauche das Geld.« Susan kniete sich vor ihn und nahm seinen Schwanz in den Mund. Brutal griff er nach ihrem Kopf und drückte ihn zwischen seine Beine. Fast musste sie kotzen. Rücksichtslos rammelte er ihr Maul und sie musste mehrfach würgen.

»Stell dich nicht so an, du hast doch schon mehr Schwänze in deinem Leben geblasen als meinen.«

Mehrere Minuten benutzte er sie so. Dann packte er sie am Arm. »Ich will einen Tittenfick. Kann bei deinen Titten ganz schön anstrengend sein, aber bevor du überhaupt keine Möpse mehr hast, will ich sie benutzen.«

Sie legte sich aufs Bett und drückte ihre Hügel zusammen. Schon steckte Sascha ihr seinen Prügel zwischen die Titten. Sie hatte einfach zu wenig Masse.

Wutentbrannt gab er ihr eine Backpfeife. »Das ist ja scheiße. Was wird mir da für ein Bumsmaterial geliefert! Zum Kotzen. Los, dreh dich um. Mal schauen, ob du ihn wenigstens unten reinbekommst.«

Sie tat es und präsentierte ihm ihren Arsch.

»Geil ist anders. Na ja, in der Not.« Er packte sie an den Hüften und zog sie auf seinen Stab. Mit zwei Fingern zog er ihre Spalte auseinander. Seine Rücksichtslosigkeit war geil, sie kochte vor Lust und es war noch nicht vorbei. Brutal rammte er ihr seinen Schwanz unten rein. Seine Größe war enorm, der Dehnungsschmerz intensiv.

Doch bevor sie sich darauf konzentrieren konnte, erlebte sie den ersten Höhepunkt des Tages. Es war kein Orgasmus, es war eine Offenbarung. Fast verlor sie die Besinnung.

»Du Sau kommst? Das ist ja wohl die Höhe.« Er griff nach ihren kleinen Titten und quetschte ihre Zitzen.

Der Schmerz führte zu ihrem nächsten Höhepunkt. Susan konnte keinen klaren Gedanken mehr fassen.

Hart nahm er sie, bumste sie gefühlte Stunden. Ihre Titten taten fürchterlich weh und doch war es Teil ihrer Lust.

»Jetzt wirst du schön geil schreien, wenn ich komme, und dich bedanken, dass ich dich ficke!«, schrie er.

Sie spürte seinen zuckenden Stab. Durch ihre Erfahrung wusste sie, dass er gleich in ihr kommen würde. Und dann war es so weit. Ein harter Strahl Samen schoss gegen ihre Eingeweide. »Es kommt mir. Du machst es mir so geil. Danke!«, schrie sie.

Die Worte waren nicht gelogen. Ein weiterer gigantischer Höhepunkt erfasste ihren Leib und schüttelte sie durch. Noch nie war sie so intensiv gekommen. Es war unbeschreiblich. Immer mehr Saft verteilte der pulsierende Prügel in ihr und zwei weitere Orgasmen erlösten sie von ihrer quälenden Lust.

Erschöpft sackte sie zusammen.

»War schön geil«, sagte er grinsend.

Als er sich neben ihr auf das Bett legte, sah sie Schweiß auf seiner Stirn. Doch Susan musste sich erst einmal um sich kümmern. Er hatte ihr für einige Minuten wirklich den Verstand aus dem Kopf gevögelt. Nur mühsam kam sie wieder zu sich.

»So geil bin ich noch nie gevögelt worden.«

»Du warst ja auch noch nie eine Nutte.«

»Meinst du?«, fragte sie kichernd.

»Du reife Sau.« Er zog sie an sich.

GRATIS

»LASS UNS SCHMUTZIGE DINGE TUN«
VON REBECCA PERKINS
DIE EROTISCHE INTERNET-STORY
MIT DEM GUTSCHEIN-CODE

RP24TBURCT

ERHALTEN SIE AUF
WWW.BLUE-PANTHER-BOOKS.DE
DIESE EXKLUSIVE EROTISCHE ZUSATZGESCHICHTE
ALS E-BOOK IN DEN FORMATEN
PDF, E-PUB UND KINDLE.

REGISTRIEREN SIE SICH EINFACH ONLINE ODER
SCHICKEN SIE UNS DIE BEILIEGENDE
POSTKARTE AUSGEFÜLLT ZURÜCK!